新　潮　文　庫

朝日のようにさわやかに

恩　田　　陸　著

新　潮　社　版

8956

目次

朝日のようにさわやかに

水晶の夜、翡翠《ひすい》の朝

湿原に再び初夏が巡ってくる頃、ヨハンは退屈していた。

この学校に来る目的のひとつであった、素晴らしいスコアのコレクションもほとんど暗譜《あんぷ》してしまっていたし、イギリスのエージェントを介して少しずつ自分の曲を売り出し、学費と小遣いを賄《まかな》うくらいの著作権料を稼ぎ出すようになっていたのだ。著作権ビジネスにはまだまだ研究の余地がある。もし自分が父の跡を継げなかったとしても、自分をそこそこ養っていくくらいはなんとかなりそうだ。

将来の準備は着々と進んでいる。この学校にいるのもあと一年くらいだろう。だとすると、いかんともしがたいのはこの退屈さだ。スコアを読み、高校をスキップして大学受験資格試験の準備のため、あるいはこの先の人生で役に立ちそうな知識を吸収しながらじっくり雌伏の時を過ごすのに、確かにここは最適の場所だったが、十五歳の少年にとって、あまりにも刺激がなさすぎるのもいかがなものか。

ここは優雅な檻《おり》。中で腐るかどうかは、本人の心がけに掛かっている。

彼の重要なパートナーである少女はこの早春、一足先に学校を去ってしまった。今度会う時は、彼女の才能は自分以上に開花していることだろう。その時のことを考えるとワクワクするが、しかしまずは目の前のこの退屈さを何とかしなければ。

彼はぶらぶらと校内を歩いていく。今日は土曜日。そして、彼は校長の家のお茶会に呼ばれている。

午前中は雨が降っていたが、午後になって晴れた。校長の家に向かう長いアプローチの途中からも、青く萌《も》える湿原が見える。一年の半分が冬と言ってもよいこの北の地で、水が温《ぬる》み、なおかつ空の色を映して宝石のように輝くこの季節は、この狭い世界が一番美しい季節である。いつもながら、よくこのような陸の孤島に学校など作ったものだと感心する。ここには金持ちだが訳ありの生徒がひっそりと全寮制の贅沢《ぜいたく》な暮らしを送っていた。

憂理《ゆうり》に言わせると、生徒は三種類に分かれる。『ゆりかご』は超過保護で世間の荒波に当てたくない生徒、『養成所』は芸術やスポーツなど特殊なカリキュラムを必要とする生徒、そして最も多いとされる『墓場』は、文字通りここから出てこないで欲しい生徒。これはあながち冗談ではなくて、実際、ここではよく生徒がいなくなる。

教師は転校したと説明するのだが、本当のところ、息をしていない状態でここを出て行ったのではないかと多くの生徒が心の底で疑っている。それが、この退屈な生活に奇妙な緊張感を与えていて、ただでさえ妄想を培養しそうなゴシック風の古めかしい建物に不気味な影を落としていた。

天使のような容貌《ようぼう》を持ったヨハンは外見に反して極めて現実的な少年だが、その彼ですら、時々得体の知れない気味悪さを感じる時がある。

場所が悪い。

彼は遠く浮かぶ尖塔《せんとう》を見上げながら考えた。

この学校が建造された湿原の中にぽつんとそびえる丘は、もともと先住民の遺跡があった場所だというではないか。そんな場所に学校なんかを作る方が間違っているのだ。自分は決して迷信深くはないが、場所というものの持つ力は甘く見てはいけない、と彼は思った。

「ヨハン」

ふと、後ろの方で彼を呼ぶ声が聞こえた。

彼が振り返ると、この三月に転校してきてファミリーに加わったジェイである。ここでは、中学・高校合わせた六学年を縦割りにしたグループがあって、それが『ファミリー』と呼ばれる生活共同体なのだ。

ジェイはヨハンの二つ下。やや繊細さと内向性が目立つものの、ヨハンに劣らぬ美しい少年だ。ここは多国籍の生徒が多いが、彼もハーフらしい。焦茶色《こげちゃいろ》の髪に明るい碧色《みどりいろ》の瞳《ひとみ》。フルネームは知らない。生徒たちの複雑な家庭事情を配慮して、ここでは皆、苗字《みょうじ》は使用せず名前だけで呼ばれるのだ。

ジェイは長い距離を駆けてきたらしく、頰を激しく紅潮させていた。

「おい、走って大丈夫なのか」

「平気」

ヨハンの肩につかまって呼吸を整えながら、チラチラと後ろを振り返るジェイを、ヨハンは注意深く見つめた。俯《うつむ》きかげんにした制服のシャツから、小さな翡翠《ひすい》のペンダントが見える。お守り代わりに母親に貰《もら》ったものだと言っていた。彼の目の色に合わせたものなのだろう。

ヨハンは耳を澄まし彼の呼吸を聞く。ジェイは喘息《ぜんそく》持ちなのだ。喘息の発作は何がきっかけになるか分からない。呼吸の乱れや精神の動揺が、突然発作の始まりになるかもしれないのだ。ヨハンは暫《しばら》く待ってから静かに声を掛けた。

「どうした。誰かに追いかけられたのか？」

「なんでもない。最近、おかしなゲームが流行《はや》ってるんだよ」

ジェイは、ようやく顔を上げて弱々しく笑ってみせた。

「おかしなゲーム？」

二人で並んで歩き出しながら、ジェイが答えた。

「うん。知ってる？『笑いカワセミ』って」


「『笑いカワセミ』？　なんだね、それは」

校長が紅茶のカップから顔を上げながらジェイを見た。

「よくは知らないんですけど」

ジェイははにかんだ表情でソファの上で背筋を伸ばした。彼はまだこの館《やかた》の親密な空気に慣れないのだ。校長と言っても、知らない人が目の前に立っている精悍《せいかん》な顔立ちの若い男を見てもその肩書きと結びつけることはしないだろう。スラリとした長身で長髪の彼は、ファッション雑誌のカメラマンと言ってもじゅうぶん通用する洒脱《しゃだつ》さに溢《あふ》れている。カリスマ的な雰囲気は、教育家よりもやり手の青年実業家の方があてはまる。

ヨハンはこのお茶会の常連だった。校長は、自分のお気に入りの生徒や、何か問題を抱えている生徒を、校内の外れにある自分の家のお茶会に呼んで、いろいろと話をするのである。

「多分、ストローの包み紙を折って作ってるんだと思うんですけど、お皿やカップの下に、こっそり白い人形みたいなものを、そのお皿の持ち主に気付かれないように挟んでおくんですね。それで、カップやお皿を持ち上げてその人形に気付いた瞬間、みんなで叫ぶんですよ、『笑いカワセミが来るぞ!』って」

ジェイは顔を赤らめながら話した。自分の話が、校長やヨハンの注目を浴びているのが恥ずかしくて仕方ないという様子である。

「いつ頃から始まったの?」

ヨハンは校長からカップを受け取りながら尋ねた。

「さあ。最近だと思いますけど」

「『笑いカワセミ』、ね。そういえば、昔『笑いカワセミに話すなよ』って歌があったなあ」

校長はソファに深く腰掛けると煙草《たばこ》に火を点《つ》けた。彼が煙草を吸うのはこの部屋だけである。ここは言わば校長のプライベートな場所であり、生徒たちにも若干の無礼講が認められている。

「で、そのあとはどうなるの？」

「別に。みんなが一斉に『来るぞ、来るぞ、おまえを殺しに来るぞ』って囃《はや》すんです」

「おまえを殺しに来る？　そいつは穏やかじゃないな」

校長は眉《まゆ》を顰《ひそ》めた。

「――ひょっとして、あのせいじゃないですか？」

一人掛けのソファで本を読みながら、三人の会話などそ知らぬ素振りだった聖《ひじり》が口を挟んだ。彼はこの春卒業したのだが、秋から留学するのでその間この学校で時間を潰《つぶ》している。数学の英才教育を受けてきた彼は、いきなりアメリカの大学の研究室に入ることが決まっているのだ。ほっそりとして眼鏡を掛け、いかにも秀才然としたその姿には、既にどことなく風格があった。

「あのせいって？」

ヨハンが尋ねた。

「ほら、このあいだ、ひどい悪戯《いたずら》があったじゃないか。一年の生徒がボールを捜しに草むらに入ったら、罠《わな》が仕掛けてあって、お腹《なか》に石が当たった奴《やつ》」

「ああ、あれはひどかった。罠自体は単純なものだったが、罠に踏み込んだら腹部に石が当たるのは確実で、悪意を感じたね。犯人はまだつかまっていないが」

校長は思い出して顔をしかめる。

「あのあと、周りを探して他に罠がないかどうか調べるのに一日掛かった」

「狐狩《きつねが》りでもしてるみたいだったよね」

ヨハンは頷《うなず》いた。湿原の遅い春。ようやく根雪が溶け、外で活動できるようになった矢先の出来事だった。茂みの中にさりげなく板が置いてあった――シーソーの原理で、板の片方を踏むともう片方が持ち上がって、籠《かご》のようになった針金の中から石が飛び出してくるように仕掛けがしてあったのだ。もう少し勢いがあったら、内臓が傷ついていたかもしれない。不運な少年はお腹にあざを拵《こしら》える羽目になったが、数週間で痛みは回復した。

「それで、彼はその時に笑い声を聞いたって言うんだ」

「笑い声？」

淡々と話す聖にみんなが怪訝《けげん》そうな顔になった。

「うん。空の方で、甲高い笑い声が聞こえて、すうっと遠ざかっていったんだって」

「空で？　どういうこと？　変な話だね」

「さあね。分からないよ、痛みに驚いていた時にそんな気がしたっていうだけだし。

ただ、その話を聞いた生徒で、オーストラリアに住んでた生徒がいたんだね。オーストラリアには笑いカワセミがいて、国鳥に近い存在らしいんだけど、本当に鳴き声が人間の笑い声そっくりなんだって。それで、『笑いカワセミ』の仕業だってことになったらしい」

「聞いてみると結構ばかばかしいね」

ヨハンはいつもながら、学園に流れる噂話《うわさばなし》の根拠のなさにあきれた。閉鎖的な環境の彼らはゴシップに飢えている。中でも、常に疑心暗鬼にさらされている『墓場』組の生徒たちには、潜在的にいつでも流言蜚語《りゅうげんひご》に火を点ける下地ができているのだ。

「でも、なんだか気味が悪いよ。空で笑い声がするなんて——小さい頃、お母さんがそんな話をしてた。田んぼの畦道《あぜみち》を歩いていたら、空で『アッハッハ』っていう笑い声がして、空を見上げたらそこに大きな顔があったって」

ジェイは青ざめた顔で呟《つぶや》いた。その弱々しい口調から、真剣に恐怖を覚えていることが窺《うかが》える。こういうタイプの生徒は危ないな、とヨハンは思った。この学園の持つ古めかしい空気に共鳴して、勝手に恐怖を増幅させてしまいがちなのである。

「その顔ってどういう顔なの？　男？　女？　年寄り？」

聖が興味を示した。ジェイは心許《こころもと》ない表情で首をかしげる。

「ううん、そのどれでもないんだって。強いて言えば、仮面みたいなのかな」

「ふうん、面白いね。それで、そのあとはどうなるの？」

「びっくりして見ていたら、すうっと遠ざかって消えたって」

「なるほど。別に悪さはしないわけね」

「だけど、そういうのが一番怖いよね。何かされるっていうと完全に怪談だけど、そんなふうに意味もなく唐突に現れるのって嫌だよな」

ヨハンがそう言うと聖も同意した。

「うん。因果応報とか、目的があるのならともかく、理由が分からないっていうのは理不尽だね。僕は理不尽なものが嫌いだ。きちんと原因と結果が分かってないと気分が悪い」

「聖らしいね」

その時、突然ジリリリとけたたましい電話のベルが鳴ったので誰もがぎょっとした。

校長がサッと立ち上がって黒い受話器を取る。

暫《しばら》く沈黙があり、彼の顔色が変わった。

「何？」

その目が鋭くなるのを、少年たちは緊張してじっと見つめている。何かが起きたのだ。

「で、意識は？　取り戻した？　命に別状はないんだな？」

その口調がかすかに柔らかくなった。

「引き続き様子を見てくれ。すぐに行く」

校長は受話器を置いた。そのまま、壁に掛けてあったジャケットを手に取る。

「何かあったんですか」

聖が尋ねた。

校長は無表情に少年たちを見回した。

「また『笑いカワセミ』が出たらしい」

それは、校舎の外れの狭い螺旋《らせん》階段で起こった。

校舎の中央に広い階段があるので、普段はあまり使われない階段であるが、クラスによっては校庭に出る時に女子ロッカーが近いという利点があり、まさに今回被害にあったテニス部の少女はその利点に与《あず》かろうとしていたのだった。

そこは昼間でも薄暗い。少女は急いでいた。後ろからも友人たちが降りてきていたので、さらに急ごうとしていたようだ。が、彼女は階段で足を滑らせた。何か柔らかいものが階段に落ちていて、それをまともに踏みつけてしまったのだ。そして、滑ったとたん、首に針金が引っかかった。その針金は、足を滑らせたら首を引っ掛けるのにちょうどいい高さに、螺旋階段の支柱と照明を繋《つな》ぐようにピンと張られていたのだ。少女の喉《のど》は強く圧迫され、一瞬窒息状態になった。が、少女の身体《からだ》には勢いがついていたため針金は全体重を支えきれず、切れてしまったのである。その結果、少女は気絶状態のまま階段を転げ落ちたのだった。

後続の少女たちが悲鳴を上げ、近くにいる教師を探した。

幸い少女はうまく受身の状態で転げ落ちたのか、たいした怪我もなくすぐに息を吹き返した。喉にくっきりと赤く針金の跡が付いていたので、教師と他の少女たちは何が起きたのかを理解できたのである。空中には切れた針金がぶらぶらと揺れていたし、少女の一人が、廊下の隅に転がっていた古いゴムボールを見つけ、彼女がこれに足を滑らせたのだということが分かった。

校長が現場に駆けつけると、安堵《あんど》したのか少女たちは次々と泣き出した。

「声がしたのよ！　ミサコが落ちる前に！」

そばかすだらけの顔の少女が叫んだ。

「どんな声だった？」

校長が冷静な声で尋ねる。

少女たちは顔を見合わせた。

「分からないわ――なんだかとっても甲高くって、男か女か分からない」

別の痩《や》せた少女がおどおどした口調で答えた。校長は静かに質問を続ける。

「どこで声を聞いたんだ？」

「窓の外です。ちょうど、この螺旋階段の途中にある窓の外。あたしたち、最初にその声を聞いてぎょっとしたの。そのすぐ後に、ミサコが落ちていくのが聞こえたんだわ」

「声は何と言っていたんだ？」

「さあ――意味の分かる言葉じゃなかった。ひいっというような、わーっというような、おかしな声」

「ミサコの悲鳴じゃなかったのか？」

「違います。だって、あたしたち、同時に声のした方向に振り向いたんですもの。絶対にあれは窓の外だった」

「何か見たか？」

「いいえ。何も」

「『笑いカワセミ』よ！　あれは笑い声だったんだわ！」

そばかすの少女はひどく興奮していた。校長が落ち着かせようとすると、益々《ますます》興奮するようである。

「そう決め付けるものじゃないよ」

後ろで聞いていたヨハンはスッと進み出て興奮した少女の顔を見つめた。

少女はハッとした表情で見る見る赤くなる。ヨハンは、自分が穏やかに相手の目を見て話し掛ければ大抵の少女がへなへなとなって大人しく従うことを知っていた。

「あんまり騒がない方がいい――みんなが不安がるだけだからね」

「そうね――そうかもね。ああ、ごめんなさい、あたしったら、あんまり怖くって」

「無理もないよ」

ヨハンは心を蕩《とろ》かす笑顔で少女に頷いて見せた。少女はもじもじし、媚《こ》びるように笑う。他の少女の間にかすかな嫉妬《しっと》が浮かぶのを彼は見逃さなかった。

これくらいにしとこう。

「よし。君たち、部活動に戻りなさい。ミサコはもう大丈夫だから」

校長が絶妙のタイミングで口を挟んだので、その場はお開きになった。

「お見事」

寮に戻る道を歩きながら、聖がボソッと呟いた。

「何が？」

ヨハンはとぼけた。

「君の人心掌握術は凄《すご》いよ。いつかは校長になれる」

「まさか」

後ろから黙ってジェイが付いてくる。彼は、一緒に現場に駆けつけたことでますます不安になったらしく生気がなかった。

「どう思う？」

聖が尋ねた。

「どう思うって？」

「関係あると思うかい、二つの事件」

「うーん。どうかな。二つの事件を結びつけるとしたら、笑い声が聞こえたってことくらいだろう？　あの女の子を見れば、それが勝手な思い込みだってことがよく分かるじゃないか。そもそも最初の笑い声だって何の根拠もないし」

「笑い声だけじゃないと思うな」

「二つの事件の共通点が？」

「うん」

「それは何？」

「プロバビリティだよ」

さっと空気が冷たくなった。日が翳《かげ》ったのと、寮の近くの林の中に入ったというのもある。が、ヨハンはなぜかすっと冷たい手で首の後ろを撫《な》でられたような心地がした。

「蓋然性《がいぜん》。見込み。確率。公算」

聖は独り言のように呟いた。

「どちらも特定の誰かを狙《ねら》ったとは思えない。もしかしたら、運良く誰かが引っかかるかもしれない、その程度の仕掛けだ。草むらの中にたまたまボールが転がったから足を踏み込んだだけで、いつまでも罠がそのままだった可能性の方が高い。今度の針金だって、あまり使われる階段じゃなかったし、獲物《えもの》がかかる可能性は低かった」

「何のために？」

「さあね。だけど、その仕掛けを作ってる奴が親切心でやってるわけじゃないことは確かだね。僕らは気を付けなくちゃならない。そいつは誰でもいい。誰かがトラップに掛かることを想像してワクワクしてるだけなんだから」

「まだ続くと？」

「たぶん」

聖は言葉少なに答えた。

「どうして？」

「見たろ、彼女たちの興奮を。みんな退屈してる。みんな、続きが起きることを期待してるからさ」

「なるほど」

ヨハンはもっともだと思った。少女たちだけではない。ジェイのカップの下に紙人形を挟み、一斉に囃《はや》したてた少年たちも何か事件が起きることを望んでいる。そして、自分たちも、この状況にスリルを覚えていることは確かなのだ。

遠いところで突然ギャアギャアとカラスが鳴き、三人はハッと空を見上げ、それからバツが悪そうにこそこそと互いの顔を盗み見て目を伏せた。

確かに、まだ何かが起きる。

ヨハンは心の中で確信した。

なぜなら、誰もがそれを望んでいるのだから。

食堂を歩いていると、向こうから憂理が歩いてくる。いつもながらスラリとして姿勢はいいが、普段の無愛想さにますます磨きが掛かっている。彼女は仲の良い少女が転校してしまってから、いつも一人で演劇の稽古《けいこ》に熱中していた。もともと、彼女は根っからの一匹狼《いっぴきおおかみ》タイプである。女優の卵は今日もご機嫌斜めのようだ。

「やあ、憂理。ご機嫌いかが？」

ヨハンはわざと茶化して声を掛ける。

憂理は仏頂面《ぶっちょうづら》で返事をした。

「いいわけないでしょう。いいかげんにしてほしいわ、あの奇ッ怪なお遊びは」

「ははあ。やられたね、『笑いカワセミ』」

「なんで分かったの？」

「ほら、肩に」

ヨハンは憂理の肩にくっついていた白い人形に手を伸ばした。

「やだ。もう」

憂理が気分を害して払い落とそうとするのを、ひょいと取り上げる。

「ふうん。これが例のやつか」

「そういえば、あんた、ミステリマニアだったわよね。『笑いカワセミ』の正体は誰? 先週末、聖とあの弱々しいお坊ちゃんとこそこそ歩いてるのを見たわよ」

憂理が思い出したように言った。

「ああ。土曜日の事件は聞いた? 首に針金が引っかかった女の子の話」

「聞いたわよ。ずっとその話で持ちきり。今、食堂でお茶を飲むと、漏れなくこの白いおまけが付いてくるわ」

「なるほど。すっかり『笑いカワセミ』は市民権を得たと」

「そんなとこね」

ヨハンは手の中の粗末な人形を見た。確かにストローの包み紙だ。畳んで結び合わせたもので、人形と言われれば人形に見えないこともないが、ただのぐちゃぐちゃしたかたまりにしか見えない。どちらかと言えば星形のよう。どっちにしても、全くカワセミには関係ないと思うのだが、なぜこれが『笑いカワセミ』に結びついたのだろう?

「おかしな事件だな」

「ほんとに。なんだかイラつくネーミングよね。『笑いカワセミ』なんて。そんな歌があったような気がする」

あれ？　これと同じ台詞《せりふ》をどこかで聞かなかったっけ。

その時、ヨハンは何かが頭の中で弾《はじ》けたようにハッとした。

彼は弾けるように駆け出していた。

「あら、どこ行くのよ、ヨハン」

「図書館」

「待って、あたしも行くわ」

二人で図書館に向かう。生徒数の割りに贅沢《ぜいたく》な石造りの図書館は、曇った空の下にいかめしく聳《そび》えていた。梅雨がないはずのこの地だが、湿った雨の匂《にお》いが辺りの土から立ち上ってくる。

「何よ、何を探してるの」

「うーん。音楽はこの辺か。音楽でいいのかなあ」

「独り言はやめてよ」

「詩かな。それとも民俗学？」

「怒るわよ、ヨハン」

憂理の声が不穏になったので、彼は慌《あわ》てて薄暗い書架の中から分厚い本を取り出した。

「え？『日本の童謡』？」

憂理の声を聞きながらヨハンは近くの書見台に本を置き、ページをめくる。かびくさく大きなページはめくりにくく、ヨハンはイライラしながら目的のページを探した。やがて、ぴたりと手が止まる。

「――あった」

わらいカワセミにはなすなよ
詞・サトウハチロー／曲・中田喜直

たぬきのね　たぬきのね
ぼうやがね
おなかにしもやけできたとさ
わらいカワセミにはなすなよ
ケララ　ケラケラ　ケケラ　ケラと
うるさいぞ

キリンのね　キリンのね
おばさんがね
おのどにしっぽをしてるとさ
わらいカワセミにはなすなよ
ケララ　ケラケラ　ケケラ　ケラと
うるさいぞ

ヨハンは背中に戦慄《せんりつ》が駆け抜けるのを感じた。

ざわっと膝《ひざ》から生暖かい震えのようなものが浮き上がってくる。

「――なにこれ」

憂理も気が付いたのか、かすれた声になった。

「ぼうやのおなかにしもやけ？――次はおばさんがのどにしっぽ？　やだ、これって、まるで、今回の二つの事件と同じじゃないの」

「のようだね。少なくとも、仕掛けた奴《やつ》がこの歌を知ってることは確かだ」

ヨハンは今全身に感じている悪寒《おかん》を押し殺すように答えた。

「三番はどうなってるの？」

憂理がページを覗《のぞ》き込んだ。

ぞうさんのね　ぞうさんのね
おじさんがね
はなかぜ用心に筒《つつ》はめた
わらいカワセミにはなすなよ
ケララ　ケラケラ　ケケラ　ケラと
うるさいぞ

「はなかぜ用心？　筒はめた？　これって鼻にってこと？」

「恐らく」

「今度はどういう仕掛けで来るのかしら」

「うーん」

「気持ち悪いわね。でも、少なくとも三番で終わりってことは、そのあとはないはずよね？」

憂理は同意を求めるように不安げな目で見た。

「だといいんだけど」

「何よ、請け合いなさいよ」

「そんなこと言われても」

いつもながら一方的な憂理の言葉に肩をすくめる。しかし、ヨハンの頭ではどこかでアラームが鳴り響いていた。環境のせいで、子供の頃から危険には敏感だった方だが、今回のアラームはかなり大きい方だった。

悪意がある。それも、緻密《ちみつ》で冷静で底知れぬ悪意が。なぜだ？　なぜこの場所で？

ヨハンは無意識のうちに後ろを振り返っていた。

「やだ、後ろなんか見ないでよ。怖いじゃないの」

「ごめん、つい」

憂理の慌てた声に笑ってみせてからも、ヨハンは暫《しばら》く周囲の様子を窺《うかが》っていた。

「なるほど、童謡殺人ならぬ童謡傷害事件なわけね」

聖はあっさりと言った。

「あっさり言わないでよ、まだ歌は三番があるんだから。三番目の被害者はあんたかあたしかもしれないのよ」

憂理があきれたような顔で聖の前で仁王立ちになる。

暖かい温室。日差しが日に日に強まってきた時季なので、打ち捨てられた温室の中でも相当暖かい。この球形の温室は、かつては使われていたのだが、今は全く使われていない。誰も手入れをしていないためにほとんど野放しになった観葉植物がしぶとく生き延びて、一種異様な光景を作り出している。しかも、丘の中腹の外れにあり、生徒たちの中にもこの場所を知らない者は多い。

ヨハンたちは、二人に聞かれたくない話をする時は自然とここにやってくる習慣になっていた。

「確かに、憂理は危ないな。相変わらず校長の親衛隊に総スカン食らってるみたいだしね」

聖がちらりと値踏みするように見たので、憂理はムッとした顔になる。

「ええと、親衛隊って？」

隅っこで鉄の椅子《いす》に腰掛けていたジェイが恐る恐る尋ねる。

「カリスマ校長のシンパさ。憂理は校長に反抗的なもんで、校長のファンは憂理を目のカタキにしてるってわけ」

ヨハンが答える。

「ふん。悪かったわね。ここに来た時からの因縁の連中なのよ」

「真面目《まじめ》な話、一人で歩くのはやめた方がいいよ。どこかにまたトラップがあるに違いない。こないだみたいに、意識を失ったところをすぐに見つかればいいけど、この学校はいろいろと死角になる場所が多いし、下手するとほんとに命取りになる」

ヨハンが真剣な顔で言うと、憂理はしゅんとした顔になった。

「でも、今度狙われるのは男の子のはずだろ？」

聖が口を挟んだ。ヨハンは鼻を鳴らす。

「そんなの、これまでの二件がたまたま男と女で当たっただけだろ？　わかんないよ。なにしろプロバビリティなんだろ？」

そう言い返すと、「そりゃそうだけど」と聖は口の中でもごもご呟《つぶや》いた。

「嫌んなっちゃう。こんなのでびくびくしてるのはあたしの趣味に合わないわ。ちょっと、あんたは何をそこでニヤニヤしてるのよ。次はあんたかもしれないのよ」

憂理がぼんやりガラス越しの空を見上げていたジェイをどやしつけた。彼はどぎまぎしたように憂理を見る。

「えっ――こうやって見上げると、水晶の中にいるみたいで綺麗《きれい》だなって思って」

「全くもう。この子、ママのところに戻してやって。今度の健康診断で年齢を確かめてもらうといいわ」

「きついなあ、憂理は」

ヨハンは苦笑した。憂理は憂理である。

「あんたも同じファミリーなんだから言ってやってよ。ここに居続けるのは本当に大変なのよ。この子、わかってるのかしら、ここがどんな場所か。自分の身は自分で守るしかないんだから」

「確かにそうだけど」

ふと、ヨハンの脳裏を何かがよぎった。

今、何か思いつかなかったか？

「なあに、変な顔して」

「ねえ、今なんて言った？」

「はあ？　自分の身は自分で守るしかないんだから、だったと思うけど」

「うーん」

「やあね、それがどうかした」

「いや、なんでもない」

「ねえ、解決するなら早くしてね、名探偵。前にも言ったことがあるけど、あたし、登場人物のほとんどが死んでから解決する名探偵が大嫌いなの」

憂理の言葉に、聖がくすっと笑って独り言のように呟いた。

「——だけど、大きな事件が起きなくちゃ名探偵の出番もないじゃないか」

笑いカワセミ。

何がこんなに引っかかるのか。なぜこんなに邪悪な雰囲気を感じるのか。

ヨハンは校長の部屋でお茶を飲みながら考える。確かにここにはいろいろと不思議なことや隠されたことがあるけれど、このぴりぴりするような不安はどこからやってくるのだろう。その正体がつかめず、彼はいらいらしていた。

「ヨハン」

はっとすると、校長が髪に引っかかっていた白い人形を取り上げた。

「この悪戯《いたずら》はなかなか止《や》まないね」

校長は目の前に人形をつまみあげてしかめ面《つら》をする。

「ええ。どこにいっても、このストロー袋の人形が落ちてて掃除当番が文句を言ってます」

やれやれ、こんなものをくっつけられたことに気付かないなんて。僕も焼きが回ったな。

　ヨハンはがっくりきた。

　ジェイは打ち解けた様子で聖と談笑していた。引っ込み思案なのを心配して、お茶会に何度か連れてきたのが正解だったようだ。

「気になるね。私もちょっと調べてみる」

「何を?」

　校長の言葉にヨハンはきょとんとした。

「ちょっとばかり思いついたことがあってね」

　校長の表情は硬い。

「用心した方がいい」

　校長はそっと耳打ちした。

　彼は何を言っているのだ?

　ヨハンは反射的に校長の顔を見たが、彼はもうそ知らぬ顔で聖たちと会話を交わしているのだった。

　じりじりと何かが起きるのを待っていたような校内の雰囲気が飽和状態になってい

た初夏、それは午前中に健康診断が行われた明るい昼間のことだった。

朝食抜きで検査が行われたので、いつもより空腹な生徒たちがわいわいと食堂に駆け込んでくる。なんであれ検査というのは緊張するものだ。緊張から解放され、食堂はほっとしたような喧騒《けんそう》に包まれていた。

テーブルのあちこちで悪戯が始まっていた。ストローの袋が次々と膝の上で折られ、カップや皿の下にサッと押し込まれる。

「笑いカワセミが来るぞ！」

「次はおまえだ！」

熱っぽい喚声《かんせい》と叫び声がそこここで響く。フォークとスプーンがかちゃかちゃいうざわめきが音楽のように辺りを埋める。

ヨハンは、彼を追いかけている女の子たちに囲まれて食事をとる。彼は自分のアイドルとしての務めを自覚しているので、如才なく少女たちに笑顔を振りまき、他の少年たちにも心地よい話題を提供する。

いつも通りの食事。しかし、ヨハンは、どことなく嫌な空気が肌にまとわりつくのを感じていた。危険信号。これはどこから来るのか？　単なる思い過ごしか？　なんだか食欲が湧《わ》かず、スープに手を付ける気がしなかった。

いつも通りの食事。だが、暫く経《た》つと、どことなく様子が変になってきた。明るいパワーに満ちた喧騒が、少しずつ変化している。

一緒のテーブルについている女の子たちの顔が引きつってきた。

ヨハンは辺りを見回す。何かがおかしい。

そのうちに、喧騒はどよめきになった。ざわざわと異様な雰囲気が広がっていく。

向かいに座っていた女の子の手から、ぱしゃんと音を立ててスプーンが落ちた。その顔が苦痛に歪む。

「くっ」

「苦しい」

「どうしたの？」

苦しみ始めたのは彼女だけではなかった。

他のテーブルでも苦悶《くもん》に満ちた声が上がり始めた。あちこちで、腹を抱え、食べたものをもどしている生徒がいる。

「何？」

「スープに何か入ってる」

「嘘《うそ》」

みるみるうちに食堂は阿鼻叫喚《あびきょうかん》の様相を呈し始めた。立ち上がり、悲鳴を上げる生徒もいる。苦しんでいる生徒と、パニックを起こした生徒との叫び声が入り混じり、残りの生徒たちに混乱が伝染していく。

「助けて！」

「いやーっ」

少女たちが悲鳴を上げ、食堂を飛び出し始めた。みんなが恐怖に駆られ、続けて逃げ出そうとする。がたがたと椅子の動く音が雷鳴のように部屋に鳴り響いた。

「こいつだ！　こいつが毒を入れやがった！」

どこかで怒号に近い叫び声が上がった。みんなの視線がその声に引き寄せられる。身体《からだ》の大きな上級生が、ジェイの腕をつかんで高く差し上げていた。その手には、小さな薬瓶のようなものが握られている。

ジェイは真っ青で、必死に左右に首を振っていた。

「違う！　これは喘息《ぜんそく》の薬で」

「俺は見たぞ！　スープ鍋《なべ》のところでこそこそ何かしてただろうが！」

「違います！　苦しくなって薬を吸おうとして」

ジェイは悲鳴のような声を上げたが、みんなの氷のような視線に気付いてびくっと全身を硬直させると、やがてわなわなと震え出した。大きく見開かれた目には、うっすらと涙が浮かんでいる。

「ちがう」

彼はもう一度振り絞るような声で言うと顔を背《そむ》けた。

上級生たちはいよいよ興奮する。

「縛って警察に突き出せ！」

「どこかに閉じ込めておけよ」

凶暴な光とエネルギーが、周囲の生徒の目に溢《あふ》れている。

「待って！　ジェイがそんなことをするはずないよ」

ヨハンは努めて冷静な声で彼らの前に走り出た。彼らの凶暴な光が自分に向けられるのを痛いほど感じる。

たちまち矛先は彼に向けられた。

「邪魔すんな」

「ファミリーだってかばいだてするのは許さないぜ」

怒号に耳を貸さず、強い瞳《ひとみ》で見つめ返す。

「その瓶を調べてみればいい。ここから動くのはまずいよ。具合の悪い生徒は介抱しなきゃならないけど、なるべくこのままの状態にしておいた方がいい。でなきゃ誰かが証拠隠滅するかもしれない」

ヨハンはぴしりと言った。

「みんな動かないで。よく周りを見て。今、校長先生と看護師を呼んでくる。具合の悪い人は上着を敷いて床に寝かせてやって。吐いたものを喉《のど》に詰まらせないように注意していて」

ヨハンはぐるりと食堂を見回し、凍りついたようになっている生徒たちに厳しい視線を向け、みんなが自分の指示に従う気配を見て取ると、職員室に近い扉に向かって素早く駆け出した。

が、パッとドアを開けた瞬間、ゾッとするような何かを感じた。

しまった、罠《わな》だ！

足に何か綱のようなものが引っかかっていた。

上から何か重くて大きなものが崩れ落ちてくる気配。

彼は無意識のうちに伏せながら床に素早く転がっていた。

ガラガラガシャーンというすさまじい衝撃に、頭を抱えてうつぶせに転がる。

空気が震え、床も揺れた。

響き渡る悲鳴。ばらばらと髪に降りかかってくるガラスの破片。

何が起きたのか分からなかった。

「ヨハン！」

「大変、煙突が」

「医者を呼べ！」

辺りが静まってからヨハンはゆっくりと顔を上げた。

食堂のストーブに繋《つな》がっていたはずの、廊下の天井に張り出したブリキの大きな煙突が落ちて、廊下の窓に突き刺さっていた。ヨハンが引っ掛けたロープが煙突を引っ張り、引きずり落とすように細工されていたらしい。ただロープで引っ張ったくらいで丈夫な煙突が落ちるはずはないから、切れ目か何かを入念に入れておいたのだろう。もう厳寒の時季は過ぎたので、食堂に入っているのは空調だけ。食堂の職員室に近い通路は前の事件の階段と同じく使用されることはほとんどないから、罠を張っておくには好都合だったのだ。

ぞうさんのね　ぞうさんのね

おじさんがね

はなかぜ用心に筒《つつ》はめた

脳裏にあの一節が蘇《よみがえ》る。

畜生。なるほど、はなかぜ用心——健康診断か。しかも、筒が落ちてきたってわけだ。

気がついてみれば至極単純なことじゃないか。

ヨハンは舌打ちして、のろのろと身体を起こした。心臓も頭もどくどく鳴っている。

馬鹿野郎《ばかやろう》、今度こそお陀仏《だぶつ》になっても不思議じゃなかったぞ。

彼は激しい怒りを覚えた。

「ヨハン、大丈夫？」

「怪我《けが》しなかった？」

女の子たちが食堂からこちらを覗《のぞ》いている。

「大丈夫」

ヨハンは笑顔で手を振って、シャツの腕についたガラスの破片を手で払った。

食堂の照明にともされ、床に落ちる破片がキラキラ光っている。

ふと、ヨハンは手の動きを止めた。

まじまじと袖《そで》についたガラスの破片を眺める。

頭の中に閃光《せんこう》が走ったような衝撃に、かあっと全身が熱くなった。

そうだったのか。

ヨハンは愕然《がくぜん》とした表情で顔を上げ、窓に刺さった煙突を見た。

みんながそんなヨハンを怪訝《けげん》そうに見守っている。


「やっぱり転校しちゃうんですってね、ジェイ」

温室で、憂理が当惑した声で言った。

聖とヨハンは無言で憂理の顔を見る。

ジェイはあの一件以来、体調を崩して寝込んでいたのだ。

「やだなあ。なんだかあたしの言ったとおりになっちゃったわ。ママのところに戻れって——そんなつもりじゃなかったのに」

どことなく元気がない。

「そんなことは、ジェイだって分かってるよ」

ヨハンは励ますように言った。憂理は鼻っ柱は強いけれど、実際はナイーブで面倒見がいいのだ。

「四ヶ月っていうのはうちでも短い方じゃない？」

聖があっさりと言った。

「そうねえ。あの一件、やっぱショックだったのかな。みんなが冷たい目で見てた時、目に涙浮かべてたもんね。あいつが悪いのよ、あの上級生。あんなタイミングでジェイを締め上げなくったって」

「結局、濡《ぬ》れ衣《ぎぬ》だって分かったしね」

ジェイの持っていた瓶を調べたが、結局喘息の薬しか入っていなかったし、苦しんだ生徒のほとんどは軽症だった。何人かは点滴を受けて数日様子を見ていたが、入院するような状態の生徒はいなかったのだ。あれが毒だったのかどうかも分からない。医師たちが調べていたが、食中毒だったのではないかという意見に傾いているようだ。

「今回も外側の人間は入らなかったわね」

憂理は皮肉っぽく言い添えた。

この学園で、中で起きたことが表沙汰《おもてざた》になることはまずない。今回も、学者と医療チームがやってきたが、学園内でいろいろ調べてはいたものの、結局いつのまにかいなくなっていた。警察や保健所が介入した様子もない。校長のところにだけ、全《すべ》てのデータが残っているのだろう。そして、ここでは生徒たちがそのことに不満を訴えるともない。学園の中で起きたことは学園の中で処理されるのが不文律になっているのだ。ここでの暮らしが長くなると、そのことに疑問を抱くこともなくなるのだから恐ろしい。

「なんだか淋《さび》しいわ。珍しく素直な人材だったのに」

「憂理、正直に言えば？　ほんとはジェイが気に入ってたって」

「あら、違うわよ」

聖に指摘され、憂理はかすかに顔を赤らめた。

ヨハンは憂理の赤い顔と、曇った温室の丸い天井を見ながら、じっと長い間一人で考えこんでいた。

校長の家から、小柄な少年が出てきた。

玄関口でぺこりと頭を下げ、大きなトランクを持ってのろのろと歩いてくる。

少年は、道の途中で待っているヨハンに気付いたようだ。はにかんだ笑み、しかしどこか弱々しく淋しい笑みを浮かべて小さく会釈《えしゃく》する。

「トランク、門のところまで持ってあげるよ」

ヨハンは少年の手からトランクを取り上げた。

「あ、ありがとう」

ジェイは感謝の目でヨハンを見上げた。ヨハンは小さく笑うと手を差し出した。

ジェイはおずおずと手を差し出し、握手しながらかすかに顔を歪《ゆが》めた。

「残念だな。仲良くなれそうだったのに」

ヨハンは静かに言った。ジェイは無言で頷《うなず》く。

「うん。僕も残念だよ。こんなふうに別れるなんて」

二人で、前を見たまま暫《しばら》く黙って歩く。

「そうだね。だけど、歌も三番まで使ってしまったしね」

ヨハンのさりげない言葉に頷きかけて、ジェイはハッとした表情になった。

「もうあとはない」

ヨハンは乾いた声で呟《つぶや》く。

探るような表情で恐る恐るヨハンの顔を見る。

「そうだろう?　ジ、エ、イ、ド。君が『笑いカワセミ』だね?」

ジェイはぴたりと足を止めた。

冷たい視線が自分を射るのを、ヨハンは正面から受け止める。

二人は石畳の途中で向かい合っていた。

ジェイの顔は、それまでのはにかんだ弱々しい表情ではなく、どことなく鋭い光を帯びたものに変わってしまっている。

「ジェイド――翡翠（JADE）だね。僕は馬鹿だったよ、君はずっとヒントをくれていたのに」

冷たい沈黙が降りた。

「なぜ、僕が？」

ジェイは無表情だった。

ヨハンは小さく首を傾け、口を開いた。

「カワセミには、川の蟬《せみ》という文字を当てる以外に、翡翠《ひすい》という字を当てる場合もあると気付いたのさ。その羽の色から連想してね」

「だから、僕が、『笑いカワセミ』だと？　あまり説得力がないと思うけど」

「ほんとに僕は馬鹿だった。すっかり平和ボケしちゃってたよ。君もそのことに気付いてたからこそ、いつもヒントをくれてたんだろうね。僕のことを舐《な》めてたのかもしれないけど、そこのところは本当はどうだったのか僕には分からない」

ヨハンは前を向いて歩き出した。ジェイも渋々歩き出す。

ヨハンの脳裏には、校長の部屋で、髪に付いていた人形を取り上げられた時の光景が浮かんでいる。気付かないわけがない。自分に気付かないようにあんなものをくっつけられるのは、子供の頃自分と同じような教育を受けた者だけだと、あの時気付くべきだったのだ。

「君は随分ヒントをくれた。君が狙《ねら》っているのが僕であることを遠まわしに教えてくれていた。自分の名前が翡翠であること、つまりカワセミであることを気付かせようと、温室が水晶に見えるなんて話をして。僕は作曲家だから、そのうちカワセミの歌に気付くだろうと手の込んだ見立て事件を演出したのかい？　幾らでもチャンスはあったのに、わざわざこんな面倒くさいことをするなんて、僕を試してみたってわけ？」

ジェイは小さく肩をすくめただけで、何も答えようとはしない。

ヨハンは勝手に喋《しゃべ》り続けた。

「あの見立て事件は、聖はプロバビリティの事件だなんて言っていたけど、実際のところはそうでもない。最初の事件――お腹《なか》に石をぶつけた少年が、君の共犯者であればかなり簡単にできる事件だ。悪戯《いたずら》だからと言って頼んだのかどうかは知らないが、君が『笑いカワセミ』を流行《はや》らせるためにもっともらしい理由をつけたんだろう。どちらにしろ、退屈してる連中は多いから、君の申し出を断らなくても驚かない――そう、どう考えてもわざわざあの草むらの特定の場所に足を突っ込むなんていうのは難しい。空で笑い声が遠ざかっていったなんてのもだ。だが、被害者の少年がそう言いたてれば、第一の事件は決して難しくない。実際、彼の協力によって、『笑いカワセミ』は市民権を得る。第二の事件はもっと成功する可能性が高い。窓の外で叫んだのは、最初の被害者の少年だろう。笑い声に似た甲高い声を立てれば、その声が誰かを特定するのは難しいし、第一の事件と共通点があるように見せかけられる。そして、第三の『笑いカワセミ』で、煙突の下敷きになって死者が出るというわけだ」

ジェイの横顔は無表情のままだ。ヨハンは視界の隅で、彼の硬い表情を感じている。

ヨハンは話し続けた。

「だけど、実は、第三の事件になって初めて、『笑いカワセミ』は意味を持ってくるんだな。あのストロー人形を流行らせたのも君だろう?」

ヨハンはちらりとジェイを見た。しかし、その横顔は動かないし、表情も変わらない。

ヨハンは続ける。

「僕は、なんであんな人形が『笑いカワセミ』と結びつけられたんだろうと不思議に思っていた。せめて、鳥の形でもしているのならまだしも。だけど、別になんでもよかったんだ。床に白い紙の塊《かたまり》がいつも散乱している状況さえ生み出せるのであれば」

今度こそ、ジェイの表情が凍りつくのが分かった。

ヨハンは自分の話に自信を覚える。

「君はわざとあの上級生の前で、喘息《ぜんそく》の薬の瓶を見せたね？」

「なぜそんなことをしなきゃならないんだい？」

ようやくジェイが口を開いた。その口調は落ち着き払っている。

ヨハンは小さく笑った。

「その理由は二つある。一つは、あの上級生に君が締め上げられるため。もう一つは、君の薬の瓶に毒が入っていたと思わせるため」

ジェイは処置なしというように小さく首を左右に振った。

「言っている意味がよく分からないな。僕にも分かるように説明してくれないか」

「そうか。じゃあ説明しよう」

ヨハンはおどけた口調で口を開いた。

「君がなんの薬を使ったのかは知らないが、薬が入っていたのは瓶じゃない。薬包紙だ」

ヨハンの脳裏に、食堂の床に散乱したストローの袋の人形が浮かんだ。

「君は瓶を見せ、薬が入っていたのは瓶だという印象をみんなに与えたかった。床に散乱している紙の中に、君が幾つか使った薬包紙が紛れこんでも見つからないようにするためにね。君は、薬の入った薬包紙を持っているわけにはいかなかった。上級生につかまったら、身体検査をされるのは分かっている。薬の痕跡《こんせき》が残っているかもしれない薬包紙を身につけているのはまずい。君は、瓶だけが調べられる予定だった。瓶の中に喘息の薬しか入っていないことが分かれば、無罪放免されるからね。だから、薬包紙は上級生につかまる前に床に捨てておかなければならなかった。そして、君はどうしてもあそこで上級生につかまらなきゃならなかった」

ヨハンは語気をかすかに強めた。

「なぜだと思う？」

そう。彼はヨハンの性格をよく把握していたのだ。

「僕に止めに入らせ、僕にみんなを止めて校長を呼びに行かせるためさ。よく僕の行動を予測できたもんだと誉めてあげたいよ。職員室への近道はあのドアを使うだろうし、あの状況でみんなを止められるのは恐らく僕しかいなかっただろうからね。光栄に思うよ」

ヨハンが籠《こ》めた皮肉が通じたらしく、ジェイが唇の端に冷笑を浮かべるのが分かった。

「そして、この僕は、哀れ『笑いカワセミ』の歌の三番の歌詞の通りに煙突の下敷きになる予定だったというわけさ」

二人はそれぞれの思いに浸りながら無言で歩き続けた。遠くに門が見えてきて、黒塗りの車が待っているのが目に入った。

ジェイは小さく長い溜息《ためいき》をついた。

「――チャンスだったのになあ。あんた、ちっとも気付かないんだもの。第一候補と言われていたから楽しみにしてたのに」

低く呟いた声は、すっかり別人のものだった。

陸の孤島。優雅な檻《おり》。この学園から出ることはとても難しい。それは、とりもなおさず、外からここに侵入するのが難しいということでもある。ヨハンはそのためにここに来た。

自分の身を自分で守るために。もっとはっきり言うと、彼を追ってくる刺客から身を守るために。

ヨハンはそのことについて改めて考える。

うかつだった。新たな転入生は、注意することにしていたのに。

「油断していたのは認めるよ」

ヨハンが認めると、ジェイは低く笑った。

「確かにあんたは平和ボケしていたね。スープを飲まなかったのは誉めてあげるけど。でも、あそこでスープを飲まれていたら、そのあとの計画が台無しだった」

「あの時は嫌な予感がしたんだ。土壇場《どたんば》で本能が蘇《よみがえ》ったって感じだね」

そう答えてから、ヨハンはジェイの顔を覗《のぞ》き込む。

「君をここによこしたのは誰だい？ ニコラ叔父さん？ ジェシー叔母さん？ それとも他の誰かかい？」

ジェイはむっつりと首を振った。

「それは言えないよ。それでなくとも、今回失敗してしまって、僕の信用はガタ落ちだ。さっさと最初に仕留めておけばよかった」

ジェイは悔しそうな口調になった。

二人は黙り込む。

ヨハンたちは生まれた時から争っている。

ヨハン。天使のような容貌《ようぼう》を持つこの少年は、闇《やみ》の帝王の息子でもあった。ヨーロッパを牛耳るユーロ・マフィアの跡取を目指し、多くの子供たちが生存競争をしている。それだけの価値があるほどその財産は莫大《ばくだい》であり、後を引き継ぐのも、維持するのも、並大抵のことではないことを誰もが知っている。

「この次会う時は失敗しないよ」

ジェイは門の外の運転手に小さく手を振りながら、負けん気を覗かせてヨハンを振り返ったが、小さくよろけた。

「この次？　この次はないよ」

ヨハンはにっこりと少年に微笑《ほほえ》みかけた。

ジェイは怪訝《けげん》そうな顔でヨハンを見る。

ヨハンは目を細めてジェイを見た。

「そう。君はさっさと僕を仕留めておくべきだった。あんな長い小細工などしないでね。教えてくれよ、なぜあんな見立て事件なんかにしたんだ？」

「ふん。あんたがどの程度の勘を持ってるか知りたかったのと、あとは」

「あとは？」

「退屈してたからさ」

ヨハンはあっけに取られた。

ジェイは小さく鼻で笑う。

「こんなど田舎、何もなくてつまんないよ。あんただって退屈してただろ？　僕もさ。だから」

ヨハンはあきれ顔をしつつも大きく頷いた。

「確かにそうだ。ここは退屈だ」

「変だな、力が入らない」

ジェイは門をつかもうとしたが、手が震えていた。混乱した顔でヨハンを見る。

ヨハンは溜息《ためいき》をついた。

「言ったろ、この次はないって。チャンスがある時に全てを済ませておくのが肝心さ。まだ気付かないの？　さっき、僕と握手した時、君、顔をしかめたの覚えてる？」

ジェイはハッとしたように右手の掌《てのひら》を見た。かすかに血の玉が浮かんでいる。

「僕は君みたいに効いたか効かないか分からないような毒は使わない。きちんと効く毒を使うのさ」

ヨハンは自分の掌を開いてみせた。薬指にはまった、小さな針が付いた指輪をジェイに見せる。

ジェイの顔に、脂汗《あぶらあせ》が流れ出した。大きく目が見開かれ、口をパクパクさせる。

「あ——あ——そんな、馬鹿《ばか》な」

信じられない、という喘《あえ》ぎ声が漏れる。

ジェイは驚いた表情のまま、ずるずると門にもたれかかって崩れ落ちた。

「君は命の恩人だよ。用心するってことを思い出させてくれたからね。サンキュー、ジェイド」

そう呟いたヨハンの言葉が、彼の耳に届いたかどうかは分からない。

ヨハンは動かなくなったジェイを暫《しばら》く見下ろしていたが、やがて顔を上げて門の向こうの運転手に合図する。

小さく頷《うなず》いて、帽子を目深《まぶか》にかぶった男が車のトランクを開け、門を開けた。

「ご苦労様」

「お元気そうで。坊ちゃん」

トランクの中には、ジェイを迎えに来た運転手の死体が入っていた。ジェイがヨハンを消すのに失敗した事実が知れるのは、なるべく遅れた方がいい。

「手間かけるね。よろしく」

「お任せを。坊ちゃんの早いお帰りをお待ちしてますよ」

運転手は目配せをして、ジェイを軽々と抱き上げてトランクに入れ、ばたんと蓋《ふた》を閉めた。

車のエンジンの音を聞きながら、ヨハンはじっとジェイが遠ざかるのを眺めていた。

「どうやら済んだようだね」

後ろから低い声が聞こえる。

ヨハンは「ええ」と頷いて静かに振り返った。

寛《くつろ》いだ表情の校長が立っている。

ヨハンはぺこりと頭を下げた。

「助かりました。ジェイに喘息の病歴はないと調べてくださったおかげで、なんとか真相に気付けたんですから」

「こちらこそ助かったよ。学園の平穏を乱す人間は消えてもらった方がありがたい。それに、何より私は君のファンなのでね。君を殺そうなんてとんでもない」

「ありがとうございます」

二人は門に背を向け、ゆっくりと歩き出した。

「どうだね、うちで紅茶でも？」

校長が提案した。ヨハンはにっこり笑う。

「いいですね。いただきます」

二人は何事もなかったかのように、最近読んだ本について語り始めた。

いつものように、ゆったりとした時間が流れている。
ここは陸の孤島。静かな学園の午後。今日もヨハンの平穏な日常は続く。

ご案内

いらっしゃいませ。お待ちしておりました。

はい、こちらでご案内させていただきます。どうぞお進みください。

あ、荷物はいりませんので。クロークでお預かりいたします。コートと傘もね。はい、これが番号札。貴重品も外してもらいましょうか。時計もいらないな。預かり証です。

そこから入ってください。

あ、ちょっとドアノブの握り方が違いますね。

まさか、マニュアル読んでこなかったんですか？　いちばんいいのは、小指を少し立てる握り方なんですけど。ま、仕方ないですね。ええ、それでもいいです。今回はよしとしましょう。では、ドアを開けて、中に進んで。

何突っ立ってるんですか。そこに白い線があるでしょう。その上を進むんですよ。

困るなあ、手をひらひらさせながら歩かなくちゃ。そうそう、笑顔でね。はい、正面の写真にお辞儀して。え？　これは誰かって？　そんなことあなたが知らなくてもいいんですよ、別に。知ったからってどうってことないでしょ。あなたの生活に関係ありますか？　ないでしょ。あのね、世の中をよくするためには、あなたみたいな人が疑問を持ったり、手を休めてクヨクヨ考えちゃ駄目なんです。頭のいい人に任せて、さくさくその指示に従わなくちゃ。そう、いちばん深いお辞儀で。じゃ、あの黒い扉から出て。

今の時代、いちばん無駄にしちゃいけないのは何か分かりますか。時間ですよ、時間。あなたのそのつまらない疑問が、私からも社会からも、大事な仕事に使えたはずの貴重な時間を奪うんです。これがどんなに社会に迷惑か分かりますか。

謝らなくてもいいですよ、ま、反省してくれればね。失敗したって、次に生かせればいいんです。

そう周囲をジロジロ見ないでください。失礼じゃないですか。

あそこに座ってる人？　しいっ、他人に興味を持つもんじゃありませんよ。あの人にもプライバシーってものがあるんですから。口から血を流して床に座ってるからって、何なんです。あの人はああしていたいんですよ。個人の自由じゃないですか。

あ、ここから先は、自己責任ですから。自分のすることに責任の持てる、きちんとした大人だけが先に進めます。どうなさいます？　ええ、これが同意書です。こちらにサインしていただければ、この先に行けます。もちろん、皆さん、そうなさってますよ。

あのね、あなた、非常識ですよ。口に出してえんえんと同意書を読むなんて。私どもの出す書類に疑問でも？　間違いなんかありませんよ。

ええ、あなたに万一のことがあった場合は、あなたの財産は私どものものになりますけど、それはあくまで万一であって、そんなことが起こるはずないでしょ。万に一つなんですから。ゼロではない？　いちゃもんはやめてくださいよ、子供じゃないんだから。ここにいらしたってこと自体、ご自分で選んだ道でしょう。

サインしない？　信じられませんね。義務を果たさない奴《やつ》に限って権利を主張するっていうのは本当ですね。いい歳《とし》をして、そんな自分勝手が許されると思ってるんですか。

それでいいんです。最初から素直にサインすればよかったのに。

じゃあ、靴を脱いで、そこの窓を開けて、下に飛び降りてくださいね。急いで。

窓から飛び降りた男は、下へ下へと落ちていった。ようやく暗い底のほうに、何千何万という人々が折り重なって倒れているのが見えてきたが、そこには大きな横断幕が飾ってあった——自由の国へようこそ、と。

あなたと夜と音楽と

I

「夜の帳《とばり》が降りる頃——って、帳って言葉、もう死語かも知れませんね。帳って、分かる？　ミナちゃん？」

「分かりますよー、あたしが子供の頃、まだおばあちゃんち、蚊帳《かや》吊《つ》って寝てたもん。こう、天井から下げる布のことでしょ。でもどうなのかな、もう今の二十代のコは、蚊帳見たことないかもね。分からない人は、お母さんに聞いてくださいっ」

「はい、ミナちゃんは結構トシだということが分かりましたが、夜の帳が降りる頃、今週も始まりました、『あなたと夜と音楽と』。ほっと一息、わたくし大森《おおもり》マサトと」

「ひどいなー、トシだなんて。マサトがあたしにそんなこと言えるわけ？　（ブッブッ）おっと、わたくし池尻《いけじり》ミナでお送りいたします」

「あはは、ごめんごめん。でもね、今日び、意外なものが死語なんだよね、最近、大学生と話したら、LPレコード知らなかったんだよ。ドーナツ盤なんて、もちろん完全に死語」

「うそー、いくらなんでもそんなことはないでしょう。うーん、でも待てよ、CDが一気に普及したのって、あたしが大学出た頃だから——（数えている）えーっと。ああ。えーっ（驚愕《きょうがく》した様子）」

「ね、十ウン年前でしょ？ 彼等は当時、下手すると幼稚園くらいなわけ。だったら、LP盤知らなくても無理ないでしょう」

「なんだかショック」

「あ、ごめん、今のでミナちゃんの年がちょっとバレちゃったかもしれない」

「あらいやだ。忘れてね、みんな」

「随分日が短くなったね」

「そう。日が短くなると、なんだか淋《さび》しくなりません？ みんなには見えないけど、このスタジオね、外が見えるんですよ。夏だと、この時間、まだ全然明るかったんだよね。透き通ってく都会の夜が、林の上に見えてすごく気持ちいいの。だけど、今はもう真っ暗。だんだん寒くなるし、人肌恋しい季節よね。熱燗《あつかん》も恋しいけど」

「ミナちゃん、熱燗飲むと人格変わるよね」

「えっ？ そうだったかしら」

「うん、それで、昔のテレビ番組の話始めるの。ミナちゃんが、テレビ番組の話始めると、そろそろやばいなってみんな思うんだよ」

「あらそう？　ねえ、こんな話、止《や》めません？　(慌《あわ》てたように) ささ、人肌恋しい季節ですから何かあったかい曲をまず一つ。サッチモことルイ・アームストロングの『イッツ・ア・ワンダフル・ワールド』です。どうぞ (曲)」

「そういえばさ、ミナちゃん」

「はい？」

「今日おかしな事件があったじゃん？」

「おかしな事件？　ありましたっけそんなもん？」

「ホラ、あれだよ。今朝、うちのビルの入口に雛《ひな》人形がぽつんと一組置かれてたでしょ」

「ああ、そのことか。聞いたわよ、なんでも、正面玄関のところに並べて置いてあったんですってね。男雛と女雛が。あたしが来た時にはもう片付けられちゃってたのよね」

「なんだったんだろうね、あれ」

「さあね。ちょっと季節外れだなあとは思ったけど。そういえば、このところ物騒だよね。こないだも、局の前の公園で若い女の人が殺される事件があったばっかりだし。この辺、オフィス街だから、夜の公園、誰もいないんだよね」

「俺、ずっとあの意味を考えてるんだけど、分からないんだ」

「あら、考えてるんだ。そういえばマサト、推理小説好きだものね」

「うん。俺だったら、どういう意味を込める時に使うかなって考えてる」

「お雛さまでしょう。プロポーズとか」

「ああ、さすがミナちゃん、女の子だね。なるほど、そういうのもあるか」

「はいはい、好きなだけ悩んでちょうだい。もし、番組を聞いてる皆さんの中で、何か面白い意味を考え付いた人は、探偵マサトに教えてあげてください。はい、次の曲に行きます」

2

「夜の帳が降りる頃。って、帳って死語か」

「二週続けて同じ台詞《せりふ》で始めないで下さい」

「心騒がせるたそがれ時を過ぎて、柔らかな闇《やみ》が私たちを包む頃、ほっと一息ついて昼間の日常から解放される大人の時間への入口」

「おっ。いきなりムーディーだね。城達也《じょうたつや》みたい」

「てなわけで、今週もお送りいたします。大森マサトと」

「池尻ミナの、『あなたと夜と音楽と』。なんだか冷え込んできちゃったね。ずっと我慢してたんだけど、今朝は思わず、部屋の暖房入れちゃいましたよ」

「うん。僕もね、クリーニングに出してた黒のツイードのジャケット、着て来ました」

「マサトはとってもお洒落《しゃれ》なんだよ。みんなに見せてあげたいよね」

「それほどでもありませんよ（ちょっと得意げ）」

「ああ、なんだか物悲しい季節だなあ。ホットウイスキーが恋しい」

「ミナちゃん、ホットウイスキー飲むと、古い映画の話するよね」

「あら、そうだったかしら」

「こないだ番組の打ち上げした時も、いろいろ古い犯罪映画の話してたじゃん」

「あ、それは覚えてる。湯気の立ったウイスキーの香りが、白黒映画のイメージを蘇《よみがえ》らせるのよねー」

「ミナちゃんのそういう記憶って、どれも酒と結びついてない？　いったい幾つから飲んでたんだよ」

「あら、そんな。ほほほ。こほん。ところで、マサトは『たそがれ時』と『かわたれ時』の違いって分かる？」

「え？　たそがれ時とかわたれ時ね。うーん、わかんないや」

「たそがれ時って、誰そ彼、って字を当てるの。で、かわたれ時は、彼は誰、って字を当てるんですって。あたしはね、たそがれって、近くを歩いてる人を見て『そこを歩いているのは誰々だ』って見分けられる時間で、かわたれの方は、同じく近くを歩いてる人を見ても『そこを歩いてるのは誰か』分からないから、たそがれよりももう少し遅い時間のことだって思ってたの」

「ふんふん、なるほど」

「でもね、ほんとは、両方とも歩いている人がおぼろげにしか分からない時間帯のことで、そんなに違いはないらしいの。ただ、昔は夕方の薄暗がりをたそがれと呼んで、明け方の薄明をかわたれと呼んでたんだって」

「へえ。でも、ミナちゃんの説の方がもっともらしいけどね」

「そうでしょ？　思い込みって分からないものね。勝手に自分でそれなりの理屈組み立てちゃってるから恐ろしいもんだなと」

「ふうん。こんなふうにためになる情報も満載の『あなたと夜と音楽と』ですよ。日本語の勉強もできる!」

「おっと、うまくまとめましたね。では、最初の曲です。ニューヨークのため息と言われた女性歌手、ヘレン・メリル『いそしぎ』。どうぞ(曲)」

「ねえ、マサト、『いそしぎ』ってどういう意味?」

「ミナちゃん、自分で選んでおいてそれはないでしょう。あ、今スタッフが広辞苑《こうじえん》を差し出してくれてます。素晴らしきチームワーク。なんだか今日は日本語の勉強の日だね。はい、いそしぎ、いそしぎ」

「これも、確か古い映画の主題歌でしたよねえ」

「ええと、あったあった。シギの一種。大きさはムクドリほど」

「えー、ほんとに鳥のシギの名前なのー?(二人で爆笑)。やだー、あたし、全然違う意味だと思ってたよ」

「実は俺も」

「逢引《あいび》き、とかさ、うつろい、とかさ。なんかそういう古くて奥ゆかしい言葉だと思ってた」

「俺はてっきり、仕事に精出す村の鍛冶屋《かじや》、みたいな意味じゃないかと」

「それはいそしむ、でしょ」

「あっ、そうか」

「もー。まさか今の、受け狙《ねら》ってたんじゃないでしょうね？」

「違うってば」

「そういう言葉って、よーく意味考えてるとなんだか言葉がバラバラになっておかしな気分になってこない？」

「なるね。子供の頃、書き取りの稽古《けいこ》で、同じ字を何度も書いてるとだんだん字が変なふうに見えてきて、しまいには読めなくなったりして」

「そうそう、あたしもそうだった。試験で何度も名前書いてると、自分の名前なのになんでこれは『ミ』で、なんでこれは『ナ』って読むんだろうって考え始めてわけわかんなくなってさ」

「うーん、意味ね。意味といえば、そうだ、今朝も変な物が置いてあったよね」

「あ、今日は警備員さんが運んでるとこ見た。地球の形した大きなビーチボール」

「これまた季節外れだったね」

「ただぽんと置いてあっただけ」

「どういう意味なんだろ。先週の雛人形といい」

「マサト探偵はゆっくり考えたんでしょ?」

「うん。でもよく分からなかった。リスナーからの意見も、何かのおまじないじゃないかっていうのはあったけど、具体的な例は来なかったし」

「置いたのは同じ人なのかしら? 単なる偶然かもしれないよ」

「でも、同じ曜日の同じ時間帯に同じ場所に置くっていうのは偶然かな」

「もしかすると、先週の放送を聞いてた人が、真似《まね》したのかも」

「だけど、僕たち、時間とか場所は言ってないでしょ」

「言わなかったかしら?」

「言ってないよ」

「そうか。考えてみればそうね」

「雛人形とビーチボール。共通点は?」

「季節外れ?」

「それに何の意味が?」

「さあ。あたしにはさっぱりだわ。よし、今度もみんなに聞いてみましょうか。困った時のリスナー頼み。雛人形とビーチボールの共通点が分かった人は、おハガキ、ファックス、e《イー》メールで番組宛《あ》てに送ってくださいね。では、次の曲」

3

「日曜日の夕方、ゆったりしたひとときをあなたに。大森マサトと」

「池尻ミナの、『あなたと夜と音楽と』(二人ともそわそわしている)」

「ねえ(興奮している)」

「ねえ！(二人で声を揃《そろ》えて叫ぶ)」

「今度はお面だってね。しかも、バカボンのパパのお面。なぜか顔が汚してあったけど」

「それ、古畑任三郎《ふるはたにんざぶろう》に出てこなかったっけ？」

「今時、バカボンのパパのお面なんてどこに売ってるんだろ。僕らが子供の頃はお祭りの夜店だったけど」

「キディランドとか」

「そうなの？」

「知らないけど」

「やっぱり、同じ時間に同じ場所。同じ人間が連続して置いてるとしか思えないよ」

「さすがに会社のみんなもちょっと気味悪くなってきたみたいね」

「どうしてなんだろう。知りたくて知りたくて、俺、気持ち悪くなりそうだ」

「頼むから生放送中に吐かないでね」

「あのね、もののたとえだってば（ムッとした口調）。会社の方でも、見張りを立てるかどうか議論してるらしいよ。ただの愉快犯だったらいいけど、何かの犯罪の前触れだったら困るからって」

「やだ。そんなこと言わないでよ、怖いでしょ。あ、そうそうこの件でハガキが来たよ。雛人形とビーチボールの共通点。『その心は、年に一度命を吹き込まれます』」

「うまいっ、と言いたいけど、なんか違わないか？（憮然《ぶぜん》としている）」

「ここにバカボンのパパのお面が入るとどうなるんだろう。これも、かぶれば命を吹き込まれるってことになるかしら」

「うーん。ちょっと乱暴だな」

「じゃあ、ここで、本日の一曲目。アニタ・オデイ『私の心はパパのもの』。この曲、マリリン・モンローが歌ってるバージョンでも有名ですよね。ではどうぞ（曲）」

「ねえねえ、マサト。こら。放送中に考えこまないでよ」

「うーん（生返事）」

「玄関の置物とは別に、ちょっと奇妙なハガキが来てるのよ。聞いて聞いて。ねえ、どうやら、うちの局の前の公園に幽霊が出るらしいわよ」

「えっ」

「うちの前を通って帰る通勤客が何人か見てるらしいの」

「幽霊って、どんな？」

「若い女だって。やだ、ふと気配を感じて空を見上げると、公園の上に笑いながら浮いてるんですってよ。げっ。気持ち悪いよ」

「若い女って」

「きっと、こないだそこの公園で殺された人の幽霊なんじゃない？　犯人、まだつかまってないんですってね」

「迷宮入りになりそうだっていうじゃない」

「だから出てきたのよ。犯人をつかまえてって。なになに。『うちの会社の女の子は、かなりの数が見ています。私も最初は自分の目の錯覚じゃないかと思っていましたが、みんなで喋《しゃべ》っているうちに、何人もの女の子が見ていることに気付いたのです。それも、いつも出る時間が同じなのです。社内は騒然としました。誰もが、自分の目の錯覚だと思って黙っていたのです。私も見た、実は私も、と言い出す人が続出して、みんなで目撃談をまとめてみた結果、だいたい夜の七時頃だということが分かりました』へえー。なんで七時なんだろうね。ひょっとして、彼女が殺された時間かも」

「夜の七時じゃ、まだこの辺りは帰宅途中のサラリーマンがぞろぞろ歩いてるだろ」

「だから、余計盲点なんじゃないの。あそこ暗いから、ビルの中や明るい街角からちらっと見たくらいじゃ、人がいるのかどうかも分からないもの。みんな早く帰ろうと急いでるし。ランチタイムは結構人がいるけど、こんな寒空で、しかも暗くなってからあの公園に入る人はめったにいないわ。現に彼女だって、翌日の昼ごはんどきまで植え込みの陰になってて見つからなかったのよ」

「そうかなあ。誰か気がつきそうなもんだけど」

「とんだ冬の怪談ね。まだ冬と言い切るにはちょっと早いかな」

「うー。やだなあ。外真っ暗だし、帰るのが怖い」

「実はちょっと怖がりのマサトでした。ではそろそろ次の曲に。明るい曲にしようねー」

4

「また日曜日がやって参りました。切ない日曜日、サザエさん症候群の日曜日」

「やだ、なんか変な出だしね」

「大森マサトと」

「池尻ミナの」

「『あなたと夜と音楽と』」

「なんだか、みんな、次は何が置いてあるか楽しみにしてるみたいだね」

「うん。なんと、次のものを予想するハガキがたくさん来ています。共通点を推理するハガキも。みんな外れてたけど」

「頼むから、みんなは真似しないでね。実は、昨夜、警備員に、こっそりグループで自分たちのバンドの宣伝グッズを置きにきたアマチュアバンドの人たちがつかまりました。こういうことは止《や》めてください。警備の方たちや、他の方たちの迷惑になります」

「ほんと、お願い。お願いします。きっとよ」

「だけど、なんの言って、結局また置いてあったんだよね」

「もう、またそうやってみんなの好奇心を煽《あお》るんだから（苦笑）」

「誰も現場を見てないのが不思議といえば不思議だよなあ。けっこうひんぱんに警備員が見回りしてるのに」

「ねえ、やっぱり、あの幽霊が置いてるんじゃないの？」

「えーっ？（ぎょっとしたように）何言い出すんだよ」

「だって、誰にも見られずに人気のない場所に変なものばかり置いていくなんて――今回なんて、人形だよ、人形。しかも、カーネルサンダースおじさん人形の小さいやつ」

「幽霊の残していった犯人の証拠だっていうの？」

「とても証拠とは思えないけど。でも、またハガキ来てるよ。例の幽霊の方だけど。あ、これこないだと同じ人みたい。熱心ねえ、周囲の企業でも結構噂《うわさ》になってますだって。うひゃあ。『グループ企業の野球大会でみんなが集まった時に聞いてみました。うちの会社は、グループ企業がこのエリアにたくさんあるのです。更に詳しい情報が集まりました。その結果、七時という時間は、御社の一階にある喫茶店の閉店時間であることが分かったのです』うわ、凄《すご》い。うちの喫茶店のこと？　よくそんなところまで突き止めたわねえ。この人、他の職業を選んだ方がいいんじゃない？『つまり、だいたい七時にその喫茶店は店じまいを始めます。オフィス街の喫茶店ですから、結構閉まるのが早いんですよね。友達と待ち合わせしてて、電話取ってて遅くなると、友達が店から締め出されちゃったりするんです』なにこれ。要するに、営業時間を延長せよということかしらん？　延長してくれってよ、マスター（苦笑しているさま）。あ、ごめんなさい、中断しちゃった。続きです。『で、そのお店は、店を閉める前に、戸を開け放しててきぱき掃除をします。だから、店の中で流してる有線の音楽、たぶん有線だと思います、その音楽が道路に流れてくるんですね。で、掃除が終わると音楽を切って、店の明かりを消すんです。どうやら、幽霊はその瞬間に出るみたいなんです』うわー、よく調べたわね。ご苦労様。『みんな、ふっと音楽が消えて暗くなったとたんに、何か上の方に気配を感じたっていうんです。それで上を見ると、髪を短いボブにした女の人が浮かんでるって』やーん。自分で読んでてゾッとしちゃったわ」

「おい」

「え、なに？　急に怖い声出さないでよ。ただでさえどきどきしてるんだから」

「俺、とんでもないことに気が付いちゃった」

「ええ？」

「局の前に変なもの置いてるのは、この番組のリスナーだよ」

「え？」

「そいつは、この番組を毎週聞いてるんだ」

「そりゃ聞いてるでしょう、便乗犯が出るくらいだもの」

「そういう意味じゃない」

（沈黙）

「そういう意味じゃないっていうのは？（恐る恐る）」

「先週のオープニングの曲、覚えてる？」

「先週のオープニング？ええと、ちょっと待って（混乱した様子）」

「俺は覚えてる。アニタ・オデイの『私の心はパパのもの』」

「ああ、そうだったわ」

「その前は？」

「えーっ、駄目、急に言われても思い出せない」

「『いそしぎ』だよ。シギの話したろ」

「そうだわ。マサト、よく覚えてるわね（感心している）」

「今、ぱあっと浮かんだんだ。その前が『イッツ・ア・ワンダフル・ワールド』。そして、その前は」

「その前は？」

「『男と女』だよ」

「全然分からないわ――あっ（突然大声になる）」

「気が付いたか？『男と女』をオープニングに流した次の週に一組の雛人形。『イッツ・ア・ワンダフル・ワールド』の時は地球の形のビーチボール。『いそしぎ』の時は」

「あら、変ね。鳥じゃなかったわ」

「いいんだ。あの歌は映画『いそしぎ』の主題歌として知られてるけど、曲そのものの原題は『ザ・シャドウ・オブ・ユア・スマイル』だから」

「そうか。だから、お面の顔を汚してあったんだ。影になるように。そして、先週は」

「『私の心はパパのもの』」

「カーネルサンダースが。パパが、ハートのクッション持ってたのよね」

「しっ」

「あ、言っちゃった。でも、これで、置物の謎《なぞ》は解けてしまったわけでしょう。それこそ便乗犯が出てくるかもしれないわ」

「逆に、謎が解けたからもうやらないかもしれないよ」

「あたしたちに対するクイズだったのかしら？」

「熱心なファンなのかな」

「じゃあ、今もこれを聞いているのよね（不安そうに）」

「ねえ、君（マイクに向かって）。えーと、今ももちろん聞いてくれてるよね？　よく分かったよ。君が毎週欠かさずに僕たちの番組を聞いてくれているのはよく分かった。僕たちを試してみたかったのかな？　正直言って戸惑ってるけど、君みたいな人が番組を支えてくれてるのは承知してるよ。だから、お願いだ。もう悪戯《いたずら》は止めてくれないかな。ね？」

「いつもありがとう。皆さんあっての、あたしたちの番組です。感謝してます。でも、みんな不安がってるし、警備の人も大変だから、あんなことはやめてね。お願いします」

「なんか、今日はお願いばっかりだな」

「そうね。でも、なんだか逆に、聞いてくれてる人の存在をいつもより強く意識できたわ」

「さてと」

「今日の最初の曲です。ねえ君、聞いてくれてるよね？　君のしたかったことはよく分かったわ。だからお願い。本当にこれっきりにしてね」

「さあ何の曲？」

「はい。ええと、サラ・ヴォーン『君去りしのち』です。ではどうぞ（曲）」

5

ラジオ番組のディレクター刺殺される
四日未明、千代田区丸の内にある帝日放送番組制作部門ディレクター小沢貴久《おざわたかひさ》さん（46）が会社の建物玄関付近で倒れているのを、見回りをしていた警備員が発見。鋭い刃物で身体《からだ》の数ヵ所を刺されて既に出血多量で死亡しており、殺人事件として捜査が開始された。小沢さんは、深夜仕事の合間に近くのコンビニエンス・ストアに飲み物を買いに行き、そのまま戻らなかったという。

6

「大森マサトと」

「池尻ミナの」

「『あなたと夜と音楽と』」

（気まずい沈黙）

「申し訳ないのですが、僕らは、今夜は、どうしてもあまり楽しいおしゃべりができそうにありません。今、僕らは深い悲しみでいっぱいなんです。こんなに番組を始めるのがつらかったのは初めてです」

「ご存知の人もいるかと思いますが、先週、番組終了後に、私たちの番組を、長い間面倒みてきてくれたディレクターが、何者かに会社を出たところで刺されて亡《な》くなりました」

「むごいことです。いきなり人生の幕を下ろされてしまいました」

「ご家族も、あたしたちも、みんな茫然《ぼうぜん》としていました」

「いろいろ言いたいことがあるんだけど、頭がごちゃごちゃしていて言葉になりません」

「ほんとに、面倒みのいいディレクターでした。あたしたちだけじゃなくて、いろいろな人が彼に育ててもらったんです。出入りの業者さんや、食堂のおばちゃんたちにも好かれてました。本当に残念です。今日は、番組のタイトルでもあるこの曲をずっと流し続けたいと思います。いろいろな人が歌った、『あなたと夜と音楽と』をお送りします。この番組にこの名前を付けてくれた彼に対するあたしたちの気持ちです。ですから、これを聞いているあなた。自首してください。お願いです。何がきっかけでどういう理由があったのかはあたしには想像できません。でも、あなたはあたしたちの味わった感情を想像して、償うことはできるはずです。今回の、この曲を、あなたがどう解釈するのか分かりません。でも、この美しい曲を、貶《おとし》めないでくれるように祈るばかりです。本当に、心から、お願いします。では、まずはチェット・ベイカーの歌うバージョンから。どうぞ（曲）」

「なあ、ミナちゃん（声をひそめる。二人の声は、放送されていない。チェット・ベイカーの歌声が流れている）」

「なに？（やはり声をひそめる）」

「このスタジオ、変えてもらわないか？」

「え？　どうして？」

「危ないよ、ここ。窓もあるしさ。外から丸見えじゃない」

「まさか、あたしたちも狙《ねら》われるっていうの？」

「だって、犯人、完全にいかれてるぜ。俺たちが説教したら、逆ギレして番組のディレクターを殺すなんて尋常じゃないだろ」

「『君去りしのち』をこんなふうに使うなんて思わなかった。許せないわ」

「もっとエスカレートするかもしれない。奴《やつ》はついに人まで殺してしまった。もはや引き返せない領域に来ちゃったんだからな」

「どうすればいいの。番組は続けたいわ。小沢さんが育ててくれた番組だもの。こんな不条理なことで」

「なあ、せめて、他のスタジオに変えてもらおう。奴は、ここに何度も来てるんだぜ。なにしろ、俺たちの番組のディレクターを知ってたくらいだ。俺たちが毎週ここで放送してるのも絶対知ってるにきまってる」

「怖いわ。このあとも攻撃が続いたらどうすればいいの？　怖くて怖くて、曲が選べない。また何かひどい解釈で使われるかもしれないと思うと」

「俺たちの番組を守らなくちゃ――（突然、ビシッと鈍い音がして空気が揺れる）うわっ」

「きゃっ」

「誰か。誰か、外を」

「なんなの」

「誰か、窓に石を投げた」

「ひどい」

「放送は大丈夫か？　番組を続けて」

「追いかけて！　誰か追いかけて！　つかまえてよ！　ひどい。ひどすぎるわ（頭を抱えてすすり泣く）」

「馬鹿《ばか》な」

「ひどい。怖い（泣き声）（曲は穏やかに流れ続けている）」

7

（スタジオの一室にて）

「なんだか、ずいぶん感じ違うね（ぼそりと）」

「窓がないと閉塞感《へいそくかん》が強いわ。やっぱ、あたし、あのスタジオの方がいいなあ」

「でも、安全には代えられないだろ。あんな素通しの場所で仕事やってたら、また命を狙われるかもしれない。石投げられるくらいで済んでよかったよ。ガラスの交換が済むまであのスタジオ、使用禁止にするらしいよ」

「そうね。ひどい話だわ。いったいなんでこんなことになったんだろう。番組の打切りの話もあったけど、リスナーからの嘆願でなんとか継続することになったらしいし。災難もいいところね。かろうじて首が繋《つな》がってる状態。あたしたちの流す曲が犯罪を喚《よ》び起こすなんて評判が立ったりしたら、この仕事続けていけなくなっちゃうわ。いったい何がきっかけで、犯人はあんなことを始めたのかな。何か、直接のきっかけがあったわけでしょう。それまでだって番組は続いていた。あたしたちの番組のオープニングの曲に見立てて物を置き始める何かの動機があったはずよ。あの『男と女』で見立てを始めなければならない動機が」

「ああいう連中は何がきっかけになるかわからないよ。始められてしまったら、その連鎖や波及が収まるまでこっちは首を縮めてるしかない。じっとやり過ごすしかないのさ」

「うーん。だけどさ、やっぱり何か犯人の背中を押すものがあったはずよ。他の番組でなく、この番組でなければならない理由がどこかにあるはず」

「──あのさ（ためらいがちに）」

「何？」

「ここだけの話だけど、ちょっと気になってることがあるんだ。小沢さんが殺されてしまったのに、こんなこと言うのは不謹慎なんだけど」

「誰にも言わないわ。なあに？」

「レイちゃんの件さ」

「え？」

「小沢さん、投書が気になってたんじゃないかな。レイちゃんによく似た若い女の幽霊が出るって噂《うわさ》になって、投書が来てたじゃないか」

「うん。放送では言えなかったけどね。局の前の公園で殺された若い娘が、局の一階の喫茶店のウエイトレスだったなんてね」

「小沢さん、イライラしてた。ミナちゃんがあのハガキを読む時なんか、真っ青だったよ」

「そうかしら」

「他のスタッフも言ってたよ。小沢さん、最近よく一人で考えこんでたって。何か悩みがあるみたいだったって。俺、どうしてだろうって考えてたんだけど」

「それで？」

「ミナちゃん、気付かなかった？　小沢さん、時々レイちゃんと会ってたでしょう」

「会ってるって——どういう意味で？　まさか、小沢さんがレイちゃんとつきあってたっていうの？　そりゃ、小沢さんが彼女と親しそうに話してたのは知ってるけど、あの人は誰とでもあんな感じでなつっこい人だったからじゃないの？　だって、小沢さんには妻子がいるじゃない」

「だから、まずかったんだよ。彼女は本気だったから」

「え？　マサト、何言おうとしてるの？　まさか、小沢さんがレイちゃんを殺したなんて言い出すんじゃないでしょうね？」

「どうしてまさかなんだい？　レイちゃんは、局の前の公園で死んでたんだぜ。局の人間なら、仕事の合間に犯行を犯して、前の公園に捨てることができる。夜になると、あの公園には人通りがないと指摘したのは君じゃないか。小沢さんもそのことに気付いていた。レイちゃんの仕事が終わってても店で待っててもらって、無人の店の中で彼女を殺してそのまま暫《しばら》く店内に隠しておき、夜中に外に運び出す。閉店後の喫茶店なら、誰かが入る心配はないからね。ねえ、それにさ、ミナちゃん、気がつかなかった？　ミナちゃんだって、何度も一階の喫茶店で打ち合わせしてたでしょ？」

「え？　何に？」

「下の喫茶店、有線じゃないでしょう。マスターが、自分でお気に入りの曲を編集したMDを掛けてるんだよ」

「あら、そうだったの？　知らなかったわ」

「うん。この間の放送で、犯人の見立てが番組で流したオープニングの曲を使ってるって気付いた時に、実は俺、もう一つ気付いてたことがあるんだ」

「何に？」

「あれね、レイちゃんの好きな曲なんだ」

「え？　そうなの？　どうしてそんなこと知ってるの？」

「前に、小沢さんと下の喫茶店に入った時に彼が教えてくれたんだ。レイちゃん、自分が喫茶店で働いてる時にはいつも同じMDを掛けてたんだって。『男と女』で始まる、ちょっと古い映画音楽とスタンダード・ナンバーを編集したあのMDが好きで、彼女がいるとすぐに分かるって言ってた」

「へえー、そうだったんだ」

「オープニング・ナンバーを決めてるのは小沢さんだったじゃない？」

「ええ。じゃあ、なぜ小沢さんはわざわざあのMDに入ってた曲を毎回オープニングで流し続けたの？」

「分からない。もしかして、彼なりの追悼だったのかもしれない。彼は最初から殺すつもりではなくて、弾みで殺してしまって後悔していたのかもしれない。誰かにつかまえて欲しいと思っていたのかもしれないよ」

「じゃあ——じゃあ、小沢さんを殺したのはいったい誰なの？」

「恐らく、レイちゃんのことを好きだった奴だよ。きっと、そいつはレイちゃんの勤めている喫茶店にもよく行っていて、あの曲がレイちゃんの好きな曲だったことも知っていたんだ。ひょっとすると、小沢さんとつきあう前に交際していた奴がいたのかもしれない。小沢さんにレイちゃんを取られてしまったわけだ。そいつは、事件があったあとに『男と女』が流された時に、それがレイちゃんに捧《ささ》げられた曲であることに気付いたんだ。だから、思わずそれに応《こた》えようと雛《ひな》人形を置いてしまったんだろうね。次の週もそう。だが、やがてそいつはレイちゃんの好きな曲を毎週順番に流しているいる奴に不審の念を抱き始めた。そいつはそいつで陰でレイちゃんを殺したのが誰か、こっそり調べていたんだろう。しょっちゅう下の喫茶店に行っていたくらいだから、そいつも局の誰かじゃないかな。で、やがて彼はレイちゃんを殺した犯人が小沢さんだと気付いて復讐《ふくしゅう》の念に駆られて小沢さんを殺してしまったんだ」

（沈黙）

「（気味悪そうに）どうするの？　そのこと、警察や誰かに言ったりするの？」

「どうしようかと思ってる。でも、もう小沢さんは死んだ。家族の嘆きようを見ていると、どうしたらいいのか分からないんだ」

「だけど、レイちゃんの事件は迷宮入りになりそうだし、小沢さんを殺した犯人も野放しになっているのよ」

「言うべきかな」

「そうだと思うわ」

「もう少し考えさせてくれないか。状況証拠ばかりで、小沢さんが犯人だという確固たる証拠はないんだから。徒《いたずら》に罪をかぶせたくはないし」

「それもそうね。とりあえず、あれ以来見立ては消えたしね。今朝も玄関マットには何も置いてなかった」

「だから、ミナちゃんも、俺がこんなことを言ってたなんて誰にも言わないでくれよ。故人の名誉に関わることだから」

「もちろんよ。さて、気合を入れなおして番組の準備をしましょう。早くあの窓のあるスタジオに戻れるように」

「うん」

8

「すっかり季節は冬。長い夜の時間、ロマンチックな物思いに耽《ふけ》ってみたい」

「暫く会っていないあの人に思いを馳《は》せる、そんな夜」

「大森マサトと」

「池尻ミナの」

「『あなたと夜と音楽と』」

「さて、今週も始まりました。いろいろあったけど、今年もあと残り少なくなってきたね」

「もうカレンダーも、残り一枚しかないのよね。本当に一年の過ぎるのは早いわねえ」

「そ。今年もまた一つ年を取ったというわけ」

「でも、もうすぐまた冬至ね。一番夜の長い日が過ぎると、ゆっくりまた日が延びていく。ずうっとその繰り返し。ああ、日が短くなったなあ、日が長くなったなあって毎年いつも同じ感想を抱くのが不思議よねえ」

「人間、そうやって老人になっていくのさ」

「やあね。そんなこと言わないでよ。さあ、今日は早速一曲目に行きましょう。クリス・コナーの『バードランドの子守唄《こもりうた》』です。どうぞ（曲）」

「（曲が流れていて、二人の声は放送されていない。囁《ささや》くように）嬉《うれ》しいわ、このスタジオに戻ってこれて。ちょっと見ないうちにすっかり公園の木の葉が落ちちゃったね」

「うん」

「ねえ、またハガキが来たわよ。このところ来ないなと思ってたのに、あのレイちゃんの幽霊を見たっていうハガキ。なんだか、ちょっと都市伝説みたいになってるよね。いつまでこんな噂が流れるのかしら。相変わらず、小沢さんを殺した犯人も見つかってないし」

「そうだね。レイちゃんを殺した犯人も」

「マサト、このあいだの話、どうするの？」

「小沢さんがレイちゃんを殺したんじゃないかっていう話よ。もし本当に小沢さんが彼女を殺しているのならば、やっぱりそれは警察に言うべきじゃないかしら？　小沢さんの家族をこれ以上苦しめることはないとも思うけど、レイちゃんの親御さんの気持ちを考えるとこのまま放っておくに忍びないわ」

「このあいだの話？」

「ねえ、ミナちゃん」

「なあに？」

「今日の曲、誰が選んだの？」

「え？」

「『バードランドの子守唄』さ」

「え？　え？　ディレクターじゃないの？」

「とぼけるなよ」

「え」

「なんで今日この曲を選んだんだい？　これ、例の、レイちゃんが好きだったMDの、『君去りしのち』の次に入ってた曲じゃないか」

「え、そうだったの？　知らなかったわ」

「――やっと分かった」

「何が？」

「ずうっと考えてたんだ。なんだか違和感があると思って」

「何よ、ほんと、マサトは考えるのが好きね。今度はそのりっぱなおつむで何を考えてたっていうの？（やや皮肉っぽく）」

「曲に見立てて、ビルの玄関にいろいろな物を置いてたのは、ミナちゃん、君だね」

「ええっ？　何を言い出すのよ、なんであたしが」

「この間、最後に君が言った言葉が引っかかってたんだ」

「何かおかしなこと言ったかしら？」

「おかしくはない。でも、よく考えると不思議だ」

「何が言いたいのかよく分からないわ」

「君はこう言った。小沢さんが殺されて以来、ビルの玄関に置かれた見立ての品はなくなって、『今朝も玄関マットには何も置いてなかった』」

「どこがおかしいの？」

「俺、君との会話をずっと思い出してみた。君は、実際に見立ての品が置かれているところを目撃していないと言っている。雛人形は既に撤去されていたし、警備員がビーチボールを運んでいるところも見たけれど、いつも君の言葉は伝聞で、自分では見ていないと言っていた。俺は、何度か目撃してるけど、いつも同じ場所に置いてあるとは言ったが、実際に物が置かれていた場所のことには君の前で触れていない。いつも玄関マットの上に置いてあったとは言っていない」

「やだ、そんなこと？　何もあなたから聞くとは限らないじゃないの。誰かに聞いたのよ、玄関マットの上に置いてあったって」

「そうかな。じゃあ、この曲は？　この曲を選んだのは君だろう？　つまり、君は前からレイちゃんの好きなあのＭＤに入った曲の順番を知っていたんだ。でも、君はこのあいだ僕があのＭＤの話をした時、全然知らないふりをした。君は嘘《うそ》をついていた。なぜそんなことを？」

（沈黙）

「まさか。まさか、君がレイちゃんを殺したんじゃないだろうな？」

「そんなことはしないわ」

「じゃあ、どうしてこの曲を？　分かった、これまでもレイちゃんの好きな曲を順番に流すことを提案したのは、小沢さんじゃなくて君なんだな？　どうしてだ？　あ、そうか。君も小沢さんを疑ってたんだな？　だから、小沢さんを挑発するためにこんなことをしたんだろう？」

「違うわ」

「じゃあ、なぜこんなことを」

「ううん、順番にレイちゃんが好きだった曲を流して、様子を見ていたのは本当よ。違うのはその相手」

「相手だって？」

「あたしが挑発しようとしていたのはあなたよ」

「え」

「あなたがレイちゃんを殺したんでしょ」

「な、何を言うんだ、いきなり」

「しかも、小沢さんまで」

「おい、生放送中だぞ」

「あら、言い出したのはあなたじゃないの」

「なんの証拠があって」

「小沢さんもあたしもあなたを疑っていた。でも、何も決め手はなかった。小沢さんは、確かに時々レイちゃんと会っていたけど、あなたとのことを相談していたのよ。

レイちゃんは、あなたとの関係のことは絶対に口外するなとあなたに言われていたらしいけど、小沢さんともう一人には相談していたのよ」

「な、何を。別に俺は彼女とはつきあっちゃいない」

「そうよ、証拠はなかったわ。だから、小沢さんと考えたの。何かあなたを挑発する手はないかどうか。オープニングの曲にあのMDを使ったのは、あなたがあのMDを編集したと知っていたからよ。あなたが編集して、店のマスターにあのMDを渡した。あなたが作ったMDだったからこそ、レイちゃんはあのMDが好きだったのよ」

「えっ」

「ただ漠然とオープニングに流しただけじゃ、あなたが気付かない可能性があった。だから、あたしと小沢さんで手の空いている方が、次の回の夜中に曲に見立てた物を置いていったのよ。局の内部の人間ならば、警備員の隙《すき》をつくのも、ごまかすのも可能だわ。それで、あなたが曲の順番に気付いてくれるのを待ったわけ」

「馬鹿《ばか》な。そんなことをしてなんになる。俺は彼女を殺しちゃいない。なんの証拠にもならないぞ」

「そうかしら。あなたが思っているよりも、それなりに効果はあったようよ。あのMDの曲が順番に使われて、あの幽霊の噂《うわさ》を聞いて、あなたは夜が怖くなったみたいだもの」

「いいがかりだ」

「たそがれとか、夜という言葉にあなたはやけに反応したわ」

「馬鹿らしい。夜の放送だし、番組のタイトルにも入ってるからじゃないか」

「あら、そうかしら。あなたは内心怯《おび》えていた。わざわざ人を雇って、スタジオの窓に石を投げてもらうように頼んだりしてね」

「馬鹿な！　なんで俺がそんなことを」

「レイちゃんの幽霊が怖かったからよ。あなたがレイちゃんの死体を放置した公園がスタジオから見えるのが怖かったんでしょ？　わざわざ身の危険を訴えるために、石を投げさせたのはまずかったわね。石を投げた人間を目撃してた人がいて、昨日やっと見つかったそうよ。誰かさんに頼まれたって話だけど」

（絶句）

「あなた、番組のオープニングであなたが作ったMDの曲を毎週順番に流していると気付いてすぐに、小沢さんがあなたを疑っていると確信したんだわ。だから、夜中に小沢さんが外に出たところを襲ったのよ。あなたならできる。レイちゃんを殺した時のように」

（曲が終わる）

「はい、クリス・コナーの『バードランドの子守唄』でした。いい曲よね、マサト？　冬の夜には、こういう女性ボーカルがぴったりだわ（ハキハキと）」

「そ、そうだね（声がかすれている）」

「あたしねえ、実は最近プライベートでも友人を亡《な》くしたんですよ。突然の出来事でした。全然違う仕事をしてた女の子だったんだけど、こっちが落ちこんでるといつも慰めてくれた。あたしがよく行く喫茶店のウエイトレスをしてたんですけどね。あたしよりもずっと年下なのにしっかりしてた。いつもぴんと背筋を伸ばしてて、物静かだったけど、こっちが精神的に参ってる時にはさりげなく背中を叩《たた》いてくれるような、とても素敵な女の子だった。すごくショックでねー。でも、悲しいけど、彼女の分もがんばらなくちゃって思ってるの。彼女はもういないけど、あたしやあたしみたいに彼女のことを好きだった人たちを見守ってくれてるって、そんな気がするんです。ねえ、マサト、あなたもそう思うでしょ？　彼女、あたしたちの共通の友人だったものね」

「あ、ああ」

「では、次の曲。その友人がとても好きだった曲です。エラ・フィッツジェラルド『誰かが私を見つめてる』です。どうぞ（曲）」

「（再び放送中で、二人の囁く声）やめろ。なんでこんな曲を掛けるんだ？」

「そんなこと、あなたの方がよく分かってるでしょ。MDの最後の曲よ」

「よせ。やめろ」

「またハガキを読んであげる。『お元気ですか？　相変わらず、幽霊の目撃者は増えています。あれから更に情報を集めて考えてみました。同じ人が何度も見るケースも珍しくありません。そして、また一つの発見がありました。幽霊が出る時には、ある共通点があります。店を掃除する時に扉を開けて、有線らしき曲が流れているというお話は前にもしましたよね？　その最後の曲がいつも同じ曲なのです。その最後の曲が消えた瞬間に、幽霊が現れるのです』」

「そんなハガキ、放送中に読むな」

「『音楽に詳しい友達が、メロディーを歌ってみせると曲名を教えてくれました。その曲は、〔サムワン・トゥ・ウォッチ・オーバー・ミー〕。邦題は、〔誰かが私を見つめてる〕です』」

「どうしても俺を犯人にするつもりなんだな。その手に乗ってたまるか」

「そんなつもりはないわ。ゆっくり彼女の好きだった曲を聴きましょう。その日も彼女が最後に聴いたのはこの曲だったでしょうしね」

「俺は騙《だま》されないぞ」

「あなた、毎週あのMDの曲を順番に流していって、この曲になるのが怖かったんでしょ？　このスタジオで、この曲が流されて、曲が終わった瞬間に、その窓からレイちゃんの幽霊が見えたらどうしよう。心のどこかできっとそう考えていたんだわ。だからどうしてもこのスタジオから出たかった」

「そんな超自然現象は信じない。俺は幽霊なんか見たことがないからな」

「そう。だったらいいじゃない。よーく窓の外を御覧なさいな。怖くないのなら、平気でしょ」

「そんなことが起きるはずはない。あいつがそこに現れるなんて」

「そうね。あたしもそう思うわ」

「あいつが悪いんだ」

「あたしは、小沢さんが殺された時点で警察に行ったわ。今ごろ、あなたのうちにも警察が行っている。あなたの着ていた、黒のツイードのジャケットを押収してるはず。

あなたみたいにお洒落《しゃれ》な人が、シーズンの初めにクリーニングに出しているのが不思議だったの。普通は去年の冬の終わりにクリーニングに出してるはずでしょう。お気に入りの、おろしたてのジャケットを着て誰に会いに行ったの？　誰か親しい女の子と会っていたんじゃないの？　そんなジャケットを汚すようなことをいつしたの？何をしたの？　ひょっとして、あのジャケットには彼女の血か何か残っていたんじゃないの？」

「嘘だ。嘘だ。これは罠《わな》だ」

「そう。これは罠よ。でも、ジャケットを警察は徹底的に調べるでしょうね。洗濯したくらいじゃあ、血液の反応は消えないそうよ。調べてみれば分かることよね。ああ、もうすぐ曲が終わるわ。その時、レイちゃんが現れてなんと言うか聞いてみましょう。『誰かが私を見つめてる』。いい歌じゃないの」

「俺は何もしていない」

「うまくやったつもりでしょうね。レイちゃんは、あなたに黙っていてくれと言われれば口外するような子じゃない。あなたは、レイちゃんを愛しているふりをしてレイちゃんから随分お金を借りていたみたいね。あなたがレイちゃんからお金を借りていることに気付いた小沢さんが、心配してレイちゃんと話をしたのよ」

「あ、あれはあいつが勝手に俺に金を押し付けたんだ。使ってくれって言ったんだ」

「そうレイちゃんに言えば？」

「違う、あれは弾みだったんだ。殺すつもりなんてなかった」

「小沢さんも殺すつもりはなかったっていうの？」

「俺は誰も殺してなんかいない」

「さあ、曲が終わるわ。一緒に見てみましょうよ。彼女がその窓の向こうの木の上に現れるかどうか」

「馬鹿言うな。そんなことが起こるはずが」

「あ」

「何だ？」

「ええっ。見て、窓の外に誰かいる」

「誰だ、あの女（席を立つ音）」

「本当に現れたわ（ぼんやりと）。ほんとだ、笑ってる」

「そんな馬鹿な、こんなことが。あの女がこっちに向かって歩いてくる。うわ、こっちに来る。馬鹿、来るな、来るんじゃない！　なぜ笑う？　おまえが悪いんだ！　金を貸したくらいで俺と一緒になれるなんて考える方が馬鹿なんだ！　金だって、俺の方から貸してくれなんて言ったことは一度もないぞ！　おまえが勝手に勘違いしてたんだ！　うわあっ、来るな、来ないでくれ！　レイ、来るなあああ！」

9

（マサトは外で待機していた警官にスタジオから連れ出されていく）

（ミナは、窓の外に立っているボブカットの女に頭を下げる。外の女もゆっくり頭を下げ、暫《しばら》く二人の女は窓越しに見つめあっている。女はミナに向かってもう一度頭を下げ、そっと窓の外を去っていく）

「馬鹿ね。よく見なさいよ。妹のケイちゃんよ。確かにレイちゃんは口が堅かった。小沢さんと、一つ年下のケイちゃんにしか話さなかったわ——幽霊の噂なんてなかった。あたしと小沢さんとケイちゃんとで作り上げたものよ。ハガキはあたしとケイちゃんで書いた。あなたとレイちゃんとの繋《つな》がりを示すものはなかったし、あなたはなかなか尻尾《しっぽ》を出しそうになかったからね。ほんとは自首してほしかったのよ。長い間一緒に仕事をしてきた仲間だし、レイちゃんだって弾みで殺したと信じたかった。でも、あなたは小沢さんまで殺したし、彼やあたしに罪をなすりつけようとした。暫く待ったけど、あなたはそんな気はないのだと分かった。だから、スタジオのガラスの交換が済んで、こっちに戻った今日に、勝負を掛けたのよ。ケイちゃんに、お姉さんそっくりの髪型にしてもらって、曲もＭＤの残りを選んだわ（独り言のようにぼそぼそと）」

（曲が終わり、ちょっと間があく）

「はい、エラ・フィッツジェラルドの『誰かが私を見つめてる』でした。聞いてる？　レイちゃん。あなたの冥福《めいふく》を心からお祈りします——実は、ここで一つ、皆さんに残念なお知らせがあります。野越え山越え、いつも皆さんに支えられてやってきたこの番組ですが、あたしこと池尻ミナと長い間一緒にやってきた大森マサトが、今日で番組とお別れすることになりました。突然でごめんなさい。あたしも今、茫然《ぼうぜん》としているところなんです。彼はさよならを言いたくないそうです。あたしも言いたくない。だから、彼は番組の途中でちょっと出かけることにしました。みんなも、彼がちょっと留守にしていると思ってね。またいつかどこかで会えると思っていてね。約束だよ。

マサトはいなくなってしまっても、夜も、音楽も、まだまだ続きます。あなたと夜と音楽と。では、次の曲——」

冷凍みかん

あれはもう何十年も前のことになる。

早春の頃だった。列車に乗り込む時に、線路のそばの土手の猫柳が、柔らかな陽射《ひざ》しにきらきら光っていたのを覚えている。

そんな情景は鮮やかに浮かぶのに、肝心のその旅行がどういうきっかけで、誰が言い出して実現したのかは、もううやむやになってしまっている。恐らく、久しぶりに誰かと出くわして盛り上がり、ひとつ学生時代の仲間で、鄙《ひな》びたところでゆっくり温泉につかろうという話になったのだろう。私は教師でちょうど春休み期間。妻は二人目の出産を控えて、上の子を連れて実家に帰っていた。Kは大学の助教授でやはり春休み。Nは勤めていた大手電機メーカーを退職したばかりで、郷里の父親の店を継ぐまでの時間を利用しての参加だった。

行く先を誰が決めたのかも覚えていない。Kが誰かから噂《うわさ》を聞いたのか。Nの郷里の近くだったのか。それとも、三人でガイドブックを見て適当に選んだのか。恐らく、その場所に決まったのもたいした理由ではなかったのだろう。実際、私はそれがどこの何と言う駅だったのかも忘れてしまっているのである。

気持ちのいい旅だった。もともと我々三人は、大学の『貧乏旅行研究会』というサークルの同期三人組で、学生時代はほとんど一緒に過ごしていたと言ってもいいほどだったので、久しぶりの再会だったが、長いブランクはあっというまにけしとんだ。普段、自分では特に不満のないまずまずの人生だと思っていたのに、学生時代の仲間を目の前にするとそれは自分でそう思いこもうとしているだけだということに気付かされる。それは他の二人も同様だったらしく、どことなくほろ苦い旅だった。二十代の新人の頃ならともかく、我々は日常生活で自分の気持ちを説明する場などほとんどなく、そのことを自覚すらしていない。三人は、ローカル線の長い乗車時間を果てしのないお喋《しゃべ》りに費やしていた。

東北の内陸部のどこかだった。単線の線路が、雪の溶け始めた山肌に囲まれたキンと冷たい空気の中を一直線に伸びていた。天気は快晴で、車窓からも山の稜線《りょうせん》の上が薄い青一色に塗りこめられているのが分かった。

突然、がったんと大きな音を立てて電車が停車した。お喋りに夢中になっていた我々は、暫《しばら》く経《た》ってからまだ電車が停車していることに気付いたが、その頃になってようやく『通過電車を待つので二十分停車します』というのんびりしたアナウンスが入ったのだった。

乗客はまばらで、我々のような旅行客はほとんど見当たらなかった。都会暮らしでせっかちな旅人とは違って、みんな座席でじっとしている。

開いている扉の外からのどかな鳥の声が聞こえてきて、我々は誘われるように伸びをしながら外に出た。冷気が心地好《よ》い。黒と焦《こ》げ茶と白が斑《まだら》になった山々の谷あいに、その駅はあった。辺りはひっそりとして民家も見えない。

それでも人の出入りがあるらしく、白いペンキのはげた木造のこぢんまりした駅舎の中に小さな売店があった。

「お、売店があるぞ」

「酒、酒」

「男どうしの旅行で何がいいかって昼間から飲めるところだな」

三人でぞろぞろと駅の売店に向かって歩いていった。

本当に小さな売店だった。

褪《あ》せたカーキ色の布の帽子をかぶった老人が、饅頭《まんじゅう》や煙草《たばこ》やキャラメルを並べた小さなスペースの真ん中に置物のように座っている。

「じいさん、酒とするめをくれ」

「饅頭も」

「おまえ、饅頭で飲むのか」

「その方が胃に良さそうな気がするんだ」

「俺、茹《ゆ》で卵」

老人は、お地蔵さんのような顔をしていた。言われるままに淡々と手を動かしてこちらに商品を渡して寄越す。地元の住民も買い物に来るのだろう。野菜や果物も並べられていた。ふと、私は店の隅に置いてある小さなアイスボックスに目を留めた。ずいぶんと年季の入ったアイスボックスである。もともとは白く塗られていたのだろうが、ほとんど剝《は》げて下の金属の色がむきだしになっていた。中はほとんど空っぽだ。この季節、中に入れておく必要はほとんどないのだろう。それでも作動していると見えて、窓に霜がついている。何気なくその中をのぞくと、底の方にだいだい色のものがチラリと目に入った。

冷凍みかんだ。

その鮮やかな色彩に魅せられて、急にみかんが食べたくなった。

「じいさん、この冷凍みかんも貰《もら》うよ」

私がアイスボックスの蓋《ふた》の引き戸を開けようとすると、その老人はハッとしたようにこちらを見た。

「あ、そ、それは」

皺《しわ》だらけの顔の中の小さな目が大きく見開かれたと思ったら、突然、ウッと胸を押さえてかがみこむ。

「あっ」

一番近くにいたKが慌《あわ》てて老人の腕をつかんで支えた。

「大丈夫か、じいさん」

「おい。誰か」

「車掌を呼んでこい」

ホームの上に饅頭を散らかしてNが列車の端まで走った。のんびり運転士と話をしていた四角い顔の車掌がこちらを振り返る。

「売店のじいさんが倒れたぞ」

「なにっ、源造さんが」

車掌が顔色を変えて駅の電話に走り、助けを呼んだ。その間、我々と運転士とで老人を駅のベンチに運び、介抱をする。老人は、真っ青な顔をしていたが、まだ意識があった。

「しっかりしろ。今、車が来るぞ」

「――店に、箱が」

老人はもごもごと口を動かした。震える手を必死に持ち上げ、売店を指さしている。

「なに？　箱？」

私は老人の口に耳を近付けた。

「店の、奥、に。わしの、つくった、箱が」

「それがどうしたんだ」

「箱、箱」

私は首をひねった。老人は売店を指さし続けている。

「どうした」

「なんでも、店の中にじいさんの作った箱があるらしい。その箱を持ってこいと言ってるようだ」

「どれ」

Nが駆けていき、狭い店の中をごそごそと物色していたが、やがて四角い金属の箱を持ってきた。

「これか？　やけに重いけど」

老人はかすかに頷《うなず》いた。

「これをどうして欲しいんだ？」

私が尋ねると、老人はさらに店を指さした。

「れい、とう、みかん。ここに入れて。あん、ぜん、な、場所に」

「は？　あの冷凍みかんのこと？　安全な場所？」

老人の言っている意味が判《わか》らず、私は混乱した。

「こお、ら、せ、たまま」

老人は搾《しぼ》り出すように呟《つぶや》いた。

「箱、に、てがみ」

ぱたりと手が落ち、老人は意識を失った。

「おい、じいさん！」

私は老人の耳元で叫んだが、もはや返事はない。

「いったい何を言おうとしたんだ？」

「手紙って言ってなかったか？」

Nが、自分が運んできた金属の箱の蓋を開けた。

「なんだ、これ」

真ん中にもう一つの小さな箱が入っていた。周りは銅とおぼしき金属片がぎっしりと詰め込まれている。道理で重いわけだ。そして、中の小さな箱の蓋を開けると、折り畳んだ紙が入っていた。これが、老人が口にした手紙らしい。Nが手紙を開き、みんなで顔を突き合わせて読んだ。

万ガ一の時のためニ、これヲかきます。何卒《なにとぞ》、これヲよんだ人ハ、れいとうみかんヲこのはこに入れて、あんぜんナところニしまって下サイ。

あのみかんガどこからきたのかハしりません。わたくしハ父からあれヲわたされました。おおむかしからイロイロナ人の手をわたってきたソウです。むかしハ、富士山の氷室《ひむろ》に入れてあったらしいです。それでも、ときどきじこでチョットとけてしまったことガあり、だいこうずいになってしまったり、キズをつけて火山がばくはつしたりしてしまいました。わたくしハずっとこのみかんヲ守ってきました。どうしたらいいかわからず、むすこニモせツめいしなかったので、しんぱいです。

三人はまじまじと顔を見合わせた。

「どういう意味だ？」

「めちゃくちゃな話だぜ」

「おい、どこに行く」

私はあの古ぼけたアイスボックスに駆けていった。

蓋を開け、底の方でかちかちに凍り付いている、赤い網袋に入った四個の冷凍みかんを持ち上げる。

どう見ても、白い霜に覆《おお》われたただの冷凍みかんだ。

老人の妄想だろうか。このみかんが地球だというのか？ ずいぶんと変わった妄想だ。

KとNも寄ってきた。

「本気にしてるのか」

「まさかね」

「おい、これを見ろ」

私は、一番底に入っているみかんを指さした。

他の三つは確かにみかんだが、その一つはみかんに限りなく似ているものの、どうやらみかんではないようだった。

よくよく見ると、そのみかんにはうっすらと白い地模様が浮かんでいる。

「――そんな馬鹿《ばか》な」

Kが怯《おび》えたような声を上げた。

それは、どうみても世界の地図だった。みかんの大きさと色をした、地球儀のミニチュア。それが、霜のついた冷凍みかん三個と一緒に赤い網袋に入っているのである。車がやってきて、地元の人たちが大騒ぎをしながら老人を乗せていく間も、我々はその『みかん』をじっと見つめていた。

なぜあの『みかん』を持ってきてしまったのかは今でもよく判らない。老人が連れていかれて、我々はその箱と手紙と『みかん』と一緒に取り残された。我々は、自分たちが託されたものがどういうものか全く理解していなかった。我々は三人でその三つを思い思いに観察していたが、発車時間が迫り、車掌に乗車を促された時、誰からともなくその三つを持ったままぶらぶらと列車に乗り込んだのである。

老人の手紙は荒唐無稽《こうとうむけい》でたどたどしかったが、その一方であのミニチュアがあまりにもよくできていたので、そのアンバランスさにどことなく奇妙なリアリティを感じ、もっとその『みかん』をゆっくり眺めてみたいと思ったのだろう。

老人の作った箱は、よくできていて、立派なアイスボックスだった。他の三個が我々の胃袋に収まったあとも、最後の一つは金属のアイスボックスの中でかちかちに凍ったままだった。我々は老人の手紙を信じたわけではなかった。よくできた細工ものを珍重するあまり、誰かが本物の地球に見立てるようになり、やがてそれが伝説になったのだろう。

Kが大学に持っていって調べてみると持ち帰った。

私は、それっきりあの『みかん』のことを忘れていた。

ところが、暫くするとKから電話が掛かってきたのである。

「――あれは、とんでもないしろものだ」

電話の向こうのKの声は当惑していた。

「地球上には存在しない物質でできているらしい。できた年代も測定できない」

Kはぼそぼそと喋り続けた。研究室で、サンプルを取ろうとメスを入れたが、全く歯が立たない。ところが、数日後、新聞を読んでいて奇妙なことに気がついた。アラスカで大地震が起きたが、その震源地が先日メスでさした『みかん』の場所と一致しているのである。

「まさか」

私はひきつった笑い声をたてた。しかし、Kは笑わない。

「これ以上試すわけにはいかない。また何か起きたらことだからな」

Kは、あの『みかん』を研究室の冷凍庫に保存すること、あの『みかん』を持っていた老人の素姓を調べるためにまたあの場所に行ってみることを淡々と私に報告すると電話を切った。

その後の経過は判らない。それから一度だけKから葉書が来た。Kはあの老人を調べていたようだが、あの老人はあのあとすぐに病院で亡《な》くなったそうで、ほとんど身寄りもなく、あの『みかん』がどこからやってきたのかは不明のままだったらしい。Kはかなり熱心にあの『みかん』を調べているようだった。

あの『みかん』の存在は、それからも常に心のどこかに引っ掛かっていたが、日々の暮らしに追われていたし、私にできることは何もなく、Kに任せるより他はなかった。

数年後、私はKの妻から急な呼び出しを受けた。

研究室で火災があり、Kは煙に巻かれて亡くなったのである。彼は研究室から何かを持ち出そうとして、わざわざ飛び込んだのだそうだ。

「これが、主人の倒れているところに」

泣きはらした目で、Kの妻はテーブルの上の箱を見た。

私は衝撃を受けた。

それは、見覚えのある、四角い金属の箱だった。

「あなたにこれを渡すように、と主人は床に走り書きしてことされたんです」

私は、自分が背負うものの大きさと、これから自分が歩む孤独な歳月を予感して目の前が暗くなった。


私は、業務用のアイスボックスを買って、私の書斎に置いた。妻は不思議がったが、好きなズブロッカを凍らすためだ、と言ってごまかした。あの『みかん』は冷凍食品やズブロッカに隠れてひっそりアイスボックスの底に収まっていた。私の部屋に置いてあったので誰も触らなかったが、夏にうちの冷蔵庫が壊れてみんながアイスクリームや氷をここに入れていた時期は気が気ではなかった。停電の度にひやひやしたし、旅行に出てもアイスボックスが気になってたまらなかった。私は遠出をしなくなり、アイスボックスがちゃんと作動しているかどうか半日ごとにチェックをした。一度、原因不明の故障でアイスボックスの温度が上昇したことがあって、心臓の縮む思いがした。『みかん』の一部が溶けて、だいだい色のむきだしになった箇所——それはヨーロッパのある地方だったが——に気付いたのだが、その地域は大洪水に見舞われていたのである。

私はもう一台のアイスボックスを買い、どちらかが壊れた時のための予備にすることにした。家族は不思議がったが、何も言わなかった。

だが、誰か聞いてくれればよかったのに、と今になっては思う。

誰かが強い好奇心を発揮して、私から聞き出していてくれればよかったのだ。そうすれば、私はあれを誰かに引き継ぐことができ、私のような平凡な人間にはあまりにも重すぎる荷物を降ろすことができたはずだった。

私は家族に説明する機会を逸してしまった。こんな話を誰が信じてくれるだろう。私に万が一のことがあったら、あれはいったいどうなるのだろう。どこにあれを持ち込めばいいのだろう。最近、胸が苦しくなる時がある。今までは休んでいればおさまったが、この次はどうなるか判らない。いろいろ考えた結果、私はあの老人にならって、こうして手紙を書いておくことにする。この手紙を読んだ人は、私の部屋のアイスボックスに入っているあれを、必ず安全な場所に凍らせたまま置いて

＊

「心筋梗塞《しんきんこうそく》のようですね」

机の上に突っ伏している老人を見ながら、医者が呟《つぶや》いた。

「死後、二、三日は経《た》ってるね。この人は一人暮らしだったんだね？」

「ええ。二年前に奥さんに先立たれています。子供たちは大阪と福岡にいます。連絡を受けて、今こちらに向かっているようですが」

警官がメモを見ながら答えた。

「事件の可能性はほとんどないだろう」

医者は立ち上がって、机の上の手紙を見つめた。

ざっと読んだけれども、荒唐無稽な話だ。小説だろうか？　でも、小説ならばノートか何かに書くだろう。便箋《びんせん》に書いてあるということは、少なくとも本人は事実だと思っていたということだろうか？

医者は首をかしげた。部屋を見回すと、確かに小さなアイスボックスが二つ、隅っこに置いてある。

医者は歩いていって何気なくその中をのぞいた。

「おや」

アイスボックスの中は水だらけだった。どうやら、氷が溶けているらしい。隅っこに、ぽつんとだいだい色の丸いものが浮かんでいた。

「氷が溶けてるな」

「ああ、ゆうべ凄《すご》い落雷があって、この辺り一帯が停電になったんです。この家もブレーカーが飛んでましたから、そのままになってるんでしょう」

「そうか」

医者は、ふともう一度アイスボックスの中をのぞき、次に訝《いぶか》しげな表情で机の上の手紙を見た。

＊

その頃、南極では凄《すさ》まじい勢いで氷が溶け始めていた。

赤い毬《まり》

私は一度だけ、母方の祖母に会ったことがある。

そう言うと母はいつも私を笑う。

夢でも見たんでしょう。だって、あんたが生まれた時には、もうおばあちゃんは亡《な》くなっていたんだもの。

母はゆるゆると首を振りながら、家事を続ける。

けれど、私は確かに祖母に会った。

その日のことは今でもはっきりと思い出せる。

母の実家は海辺の高台にある。晴れた日には沖を行く船がきらきら光る波間を縫っていくのが見渡せる。

夏休みにそこを訪れる度、縁側から海を眺めるのが楽しみだった。風鈴の音や西瓜《すいか》の赤い色と一緒に、海に浮かぶ光の模様が目に焼きついている。

その一方で、天候が悪い時の海は怖かった。灰色に濁り、青白く砕けてはちぎれる波の欠片《かけら》が散乱して、猛《たけ》り狂う風の音に耳を塞《ふさ》ぎたくなる。

あれは夏だったのだろうか。いや、暑くはなかった。長袖《ながそで》で厚地の、ピンク色のパジャマを着ていた記憶があるからだ。

なぜあの家にいたのだろう。夏休み以外にあそこに行くことなどめったになかった。冠婚葬祭か何かで戻っていたのかもしれない。

あの日、私は縁側に面した部屋で横になっていた。風邪でも引いていたのか、布団《ふとん》の中でうつらうつらしていた。

やっぱり夢だったのよ。

母はそう言う。

ええ、法事があって十一月に帰ったことがあったわ。あんたは風邪気味だったから、連れて行かずに家に残していったの。あたしが帰った時、あんたは熱っぽくてうとうとしていたわ。だからそれは、熱が見せた夢なの。

夢ではない。私はそのことを知っている。

思えばあの日、世界はとても静かだった。それが始まりだった。

あの家で過ごすと、いつも窓の外に潮騒《しおさい》を感じていた。大なり小なり、海の音に包まるで、あの日はそれがなかった。ところが、あの日はそれがなかった。まるで、まれ、海を感じながら生活していた。ところが、あの日はそれがなかった。まるで、全《すべ》ての音が消えてしまったかのようだった。それがあまりにも異様で目を覚ましたのだ。

時間は何時頃だったろう。午後の三時か四時くらいだったろうか。

そんなはずはないわ、と母は言う。

音が消えるはずなんてない。潮騒が消えることなんてない。どんな凪《なぎ》の時でも、あの音が消えるはずはない。

だが、あの日は消えた。

私は、なぜか異様な緊張感と共に目を覚ました。

それまでは確かにうつらうつらしていたのに、ラジオのスイッチを入れたみたいにぱっちりと目を覚ましたのだ。

私は暫《しばら》く混乱していた。見慣れた天井の節目を見つめる。全身が強張《こわば》っているのに気付き、そっと障子に目をやった。

障子の外は明るかった。柔らかな光が、障子を暖かい色に染めている。

なのに、いつも聞きなれているはずの音がなかった。凪も潮騒もなく、怖いような静寂が部屋を覆《おお》っていた。

私はそっと起き上がり、こほんと小さく咳払《せきばら》いをしてみた。自分の耳が聞こえなくなってしまったのではないかと不安になったのだ。だが、ちゃんと咳払いは聞こえたし、世界から音が消えたわけではなさそうだった。

私はじっと障子を見つめた。なんだか、その向こうに異質なものの気配を感じたのである。

じわじわと不安が込み上げてきた。

この向こうに、何か得体の知れないものがある。そんな気がしてならなかったのだ。

いつもならば、この向こうには広い縁側があって、ガラス戸があって、山茶花《さざんか》の木の植え込みがあって、その向こうに光の海が広がっているはず。

そうよ、景色は変わらない。

母はそう言う。

あたしだっていつもあの音を聞いて育ってきたのよ。潮騒を聞きながらご飯を食べて、お風呂《ふろ》に入って、宿題をしたの。誰かのことを思いながら、誰かのことを憎みながら、誰かのことで泣きながら、それでもいつもあの音が一緒だったの。そんなことが起きるはずはないわ。どんなに荒唐無稽《こうとうむけい》なことを言ってるか、自分でも分かっているくせに。

だが、今は違う。私はどこかでそう確信していた。

例えば、今この障子を開けると、その向こうには――

そう考えた瞬間、ひゅっと黒い影が障子に浮かび、がたん、とぶつかってすぐに消えた。

びくっとして、反射的に身体《からだ》を引く。

静かになり、耳を澄ます。

なんだろう。何か弾力性のあるものが、向こう側から障子に投げつけられたような。

私は立ち上がっていた。そして、思い切り障子を開け放った。

えっ、と思った。

私は目を見張った。そこには、全く予想もしない光景が広がっていたのだ。

そこに、海はなかった。

縁側の向こうのガラス戸は消えていた。一枚残らず取り外されており、縁側に柔らかい陽射《ひざ》しが直接当たっていて、柱だけが並んでいる。

そして、縁側を降りたところにあるはずの山茶花の植え込みは消え、そこには私の肩くらいの高さがありそうな熊笹《くまざさ》が広がっていた。

光る海はない。熊笹の海はある。

空は不思議な色をしていた。灰色のような、かすかにピンク色のような。その下に、急斜面の熊笹が広がっている。

私は呆然《ぼうぜん》と目の前の景色を眺めた。

ここはどこなのだ？　いつも見ていたはずのあの海はどこに消えてしまったのだろう？

ふと、視界の隅で何かが動いた。赤いもの。赤くて丸いもの。

それは、毬《まり》だった。綺麗《きれい》に刺繡《ししゅう》された毬が、地面をころころと転がっていく。

そうか、誰かがあの毬を障子に向かって投げたのだ。ぶつかったその反動で、毬は下に落ちて転がっているのだ。

私はそう気付いた。

毬は静かに転がっていき、熊笹の中に消えた。

慌《あわ》てて縁側から降りて小さな下駄を履き、毬の消えた辺りに駆け寄る。

そこには、古い石段があった。熊笹に隠れて見えなかったのだ。

石段は一メートルくらいの幅で、ずっと下に延びているのが分かった。うねうねと曲がりくねった石段の上を、赤い毬が意志を持った生き物のようにころころと落ちていく。

私は毬を追いかけた。

左右を熊笹に囲まれ、距離感も方角も分からないまま、ひたすらリズミカルに降りていく毬の後を追い続けた。

降りても降りてもなかなか下に辿《たど》りつかなかった。

かなり急いで追いかけているつもりなのに、毬はいつも必ず数メートル先にあって、どうしても追いつくことができない。

潮騒の代わりに、熊笹の騒ぐ音が身体を包む。

がさがさ、ざわざわとどこか奇妙な胸騒ぎを覚える不思議な音が追いかけてくる。

ここはどこなのだろう。海はどこへ行ってしまったのだろう。あの毬が欲しい。あの綺麗な赤い毬がどうしても欲しい。

不安と欲望が胸で混ざりあう。

いったいどのくらい降りてきたのか分からなくなった頃、唐突に石段が終わり、石畳の道に出た。

熊笹は相変わらず続いているが、辺りは丘陵地のようになって、緩やかに上がり下がりする石畳が続いている。

その先にぼんやりと黒い塊が見えた。何だか分からない大きなものが、道の先にある。

赤い毬は、いったいどういう仕組みなのか、石畳の坂をころころと登っていく。

私は迷うことなくその毬を追った。

黒い塊と見えたのは、丘を覆うように建っている奇妙な建物だった。

お寺のようにも見えるし、蔵が連なっているようにも見えるし、増築を重ねたどこかの温泉旅館のようにも見える。

瓦《かわら》屋根の載った長い回廊が、何本も丘の斜面を這《は》っていた。

回廊には、幾つも小さなランプが提げてあり、昼間なのにどれも火が点《つ》けてあって、オレンジ色にぼんやり滲《にじ》んでいる。

奇妙な建物に近づくにつれ、私はだんだん気味が悪くなってきた。とてつもなく巨大な建物なのに、全く人の気配がしないのである。しかも、その建物は、壁ばかりで窓がない。小さな明かり採りはあっても、窓らしきものは見当たらず、たまにあっても外から漆喰か何かで塗り込めた跡があるのだった。

しかし、赤い毬は相変わらず抗《あらが》いがたい魅力で私を誘っていた。軽やかなテンポで、どんどん転がっていく。その美しい刺繡を見ると、足を留めることができず、ふらふらとついていってしまう。

毬は、屋敷の回廊の下をするりとくぐり抜けた。私もそこをくぐり抜ける。子供なら、難なく通れる空間だ。

そこは、石の庭だった。ごつごつした、中国の水墨画に出てくる山のような形をした石が幾つも並んでいる。その間を転がっていく毬の赤だけが鮮やかで、周囲の風景から全ての色を奪い去ってしまったようだった。

毬は、するすると庭を抜け、やがて片隅にある縁の下にすうっと吸い込まれていった。

私は慌ててそこに駆け寄る。

暗がりからパッと白い手が伸びて、その毬をつかんだ。

私は立ち止まる。

縁の下と見えたのは、低い庇《ひさし》のある部屋の入口で、そこに誰かがいた。

ひょいと顔を出したのは、どこかで見たことのある、赤い着物を着た少女である。

私たちは、無言で見つめあった。

意志の強そうな、見覚えのある瞳《ひとみ》。

少女は私を見ても驚くことなく、一緒に毬つきをしよう、と誘った。

私は頷《うなず》いて、石の庭で交互に毬つきをする。

どうして毬つきは女の子の遊びなのか知ってる？

少女は瞬《まばた》きもせずに尋ねた。

知らない。

私は毬に集中していた。石の庭は、地面に微妙な傾斜がついているのと、いろいろな石が埋め込まれているのとで、まっすぐ毬をつくのが難しかったのだ。

少女は構わず話を続けた。

女の子は、ずっと毬をついていなきゃいけないの。毬を隠していたり、どこかにやってしまってはいけないの。

どうして？

私は毬に目をやったまま訊《き》いた。

毬は、女の子のものなの。でも、ただ持っているだけじゃ駄目なの。ずっとずっとつき続けなくちゃならないの。

少女は、自分に言い聞かせるように繰り返した。

私は毬つきに夢中になっていたので、彼女の独り言にはあまり興味がなくなっていた。

時間の感覚が消え、二人で毬つきをえんえんと続ける。

突然、どこかでサイレンが鳴り始めた。
少女がハッとして顔を上げ、私も毬つきをやめて二人でそのサイレンを聞いた。
もう帰らなくちゃ。
私は急に不安に襲われ、そこから毬を持ったまま立ち去ろうとした。
少女が呼び止める。
待って。毬は置いていって。今はまだあなたの番じゃないの。
えっ。
私は手の中の毬を見下ろした。赤い糸が鮮やかな、美しい毬。
手放したくはなかったが、少女はあの強い瞳で私に向かって手を差し出している。
私は渋々少女に毬を渡した。彼女はじっと私の目を見た。
いつかはあなたの番が来る。
少女は毬を抱えて地下室のような暗い部屋に消え、ガタンと引き戸が閉められた。
サイレンは鳴り続けている。
帰らなくては。
私は駆け出した。もと来た道を、古い石畳を駆け抜ける。
熊笹が視界を埋める石段を、サイレンの音を聞きながらひたすら駆け上がる。

不思議と疲労は感じなかった。途中でふと、それまで登ってきた石段を振り返ると、そこに波が打ち寄せていた。

いつしか、熊笹の海は、じわじわと本物の海に浸食され始めていた。

遠くから、ざんざんと波が打ち寄せ、熊笹を沈めようとしている。

私は慌てた。早くここを登り切ってしまわないと、熊笹と一緒に溺《おぼ》れてしまう。

サイレンの音と、潮騒《しおさい》が重なりあって私の背中に押し寄せてくる。

焦《あせ》ったけれど、足はだんだん上がらなくなってきた。途中で石段に躓《つまず》き、膝《ひざ》をついてしまう。ひどくぶつかったのか、下駄の歯が欠けていた。

それでも、ここで休むわけにはいかない。

私は駆けた。下駄を鳴らし、肩で息をしながら、必死に石段を駆け上がる。

駆けて、駆けて、駆けて、ついに見覚えのある家の縁側が目の前に開けた。

ああ、助かった。

大きく安堵《あんど》の溜息《ためいき》をつき、汗だくの顔で後ろを振り向いた。

そこには、山茶花の植え込みがあり、大きくうねる秋の海が、全身を包む潮騒と共に輝いていた。

おかしな夢を見る子ねえ。いったん思い込んだら絶対譲らないところはおばあちゃんと一緒だわ。

母はそう言って笑う。

私ももう反論はしない。母は夢だと思い込んでいるし、そのことを譲らない。やはり私たちは祖母と同じ血を引いているのだ。

だけど、私は覚えている。

翌日そっと、縁側の下に置いてあった下駄を見たら、石段の途中で躓いたところの歯がちゃんと欠けていた。

第一、あれは装飾用の毬よ。あたしも子供の頃に試してみたことがあるけど、毬つきなんてできないわ。ほとんど弾まないし、見るためだけの毬なの。遊びには使えない。

母はちらっと簞笥《たんす》の上を見る。

すっかり赤い糸の色が褪《あ》せて、刺繍の柄もよく分からなくなってしまっているけれど、私が追いかけたあの毬だ。

私はあの子と毬をついた。石の庭で、交互に毬つきをした。

どうして一人でいるの？　いい人はいないの？　子供は欲しくないの？　あたしに孫の顔を見せようとは思わないの？

母は笑いながらそう言う。
私はあの子と毬つきをした。
母の母と。私が生まれた時にはもういなかった祖母と。
私の順番は来るのだろうか。毬の糸はもう色褪せている。サイレンと潮騒の音が、
町角のスクランブル交差点で私を包む。

深夜の食欲

伝票を見て一瞬不思議に思ったものの、すぐにそれを自分の中で打ち消して、まだ顔にあどけなさの残るボーイはワゴンの上にそれを伏せた。

きっと、若いグループ客でもいるのだろう。

深夜の厨房《ちゅうぼう》から、重いワゴンをゆっくりと押し出す。

ゴッ、という鈍い加速の響き。

最初はもっと軽いワゴンにすればいいのにと思ったが、皿やワゴン自体が浮いてうるさい上に、押しにくいのだそうだ。

リノリウムの擦り切れた床を、ガーッという低い唸《うな》りを上げてワゴンは進む。

厨房から業務用エレベーターへの廊下は薄暗い。何度取り替えても、いつも同じ場所の蛍光灯が切れる。接触が悪いのだろう。じいっ、じいっ、と、落ちた蟬《せみ》のような音が今日も廊下の隅から響いてくる。

ワゴンの上で、銀の皿にかぶせた蓋《ふた》が、鈍く光っている。ワゴンを押すのは、意外と難しい。最初の頃はワゴンに抗《あらが》われているような感じがしたものだ。時に、ワゴンが意思を持っていて、手を放しても勝手に進んでいくのではないかと思う時がある。

それは、仲間うちでもちょっとしたジョークになっていた。彼等は数台あるワゴンに名前を付けていた。ハナコだのキャサリンだのジミーだの。大きく重いものであるが故《ゆえ》に、それぞれに癖があるのだ。人によっては相性もある。自分と相性のいいワゴンに当たると、なんとなくホッとする。

今押しているのは、一番の性悪の『ヘイスティングス』だ。どこがおかしいという訳ではないのだが、押しているとギシギシと左右に細かく揺れ、高い料理やシャンパンを載せている時に限ってカーブを曲がり切れなかったりする。ヘイスティングスはこのホテルでは伝説的なお客の名前で、スイートルームで自分の口に猟銃を突っ込んで引き金を引いたイギリス人だ。それが何年前なのかは、彼は知らない。

エレベーターの扉が開く。

メタリックな扉がぐぉん、と左右に開く度、刃《やいば》のようだと思う。

業務用のエレベーターのそっけない直方体の中で、彼は四皿のローストビーフと共に最上階に上がる。

ウイーンという鉄の壁の上昇音を全身で聞く度に、いつも方向感覚を失う。

止まった。

一瞬遅れてズシンと床が沈んだ。『ヘイスティングス』の上で、ナイフとフォークがカシャンと音を立てる。このエレベーターはいつもそうだ。止まった反動で床が沈むのである。

刃のような扉が開く。

そこには小さいスペースがあって、無表情な明かりがともっている。

病院のようだ。

彼はそのスペースを目にする度にそう思う。

この無機質な明かり。左右に並ぶドア。長い廊下。

ワゴンを押し始める。ゴッ、という鈍い加速の響き。

軽い。

彼はハッとする。どうしたんだろう、今日の『ヘイスティングス』は？

目の前で押しているワゴンを見下ろす。四つの銀の皿。銀の蓋に映る、四つの歪《ゆが》んだ自分の顔がこちらを見上げる。

ワゴンは羽根が生えたかのように軽かった。一刻も早く、前へ進みたいとでも言うように。

深夜の廊下。夢の続きのようだ。照明を落とした灰色の世界。遠近法の手本のような景色。ふと気が付くと、時間の感覚すらも溶けている。こうして、番号のついた墓標のような扉をいつまでも通り過ぎ続けているような。

いけない、いけない。彼は自分を叱責《しっせき》した。仮眠しておいたはずなのに、疲労の波に飲み込まれそうになっている。

彼は足を止め、きつく瞬《まばた》きをする。再び目を開いた瞬間、世界が膨張していくようなめまいを覚える。自分の身体《からだ》の中心から、ホテルの外に向かって何かがスピードを上げて膨らんでいくような錯覚を。彼は、時々こうしてワゴンを押していると、巨大な巻き貝の中を歩いているように思えることがある。全《すべ》ての廊下が一続きになり、ゆるやかな回転運動とともに世界の中心へと向かっている——

しかし、それはただの妄想だ。毎日目にする、ぼんやりとした薄暗い廊下がそこにある。

静かだ。いつも不思議に思うのだが、この静かで巨大な迷宮の中に、大勢の客がひしめいているとはとても思えない。従業員すらも、どこかの怪物の胃の腑《ふ》に飲み込まれてしまっているのではないか。朝になると、再び吐き出されて、わらわらとホテルの中に溢《あふ》れ出てくるのではないか――

彼の重い身体とは裏腹に、『ヘイスティングス』は踊るように廊下を進んでいった。今では彼の身体の方が引きずられているかのようだ――**『ヘイスティングス』が性悪なのは、ただきしんだりコースを外れたりするからだけではない。**

ふと、彼はワゴンの後方左下から、何かが廊下に点々と落ちているのに気が付いた。

血?

ぎょっとして、床にかがみこむ。ワゴンを止めてよく見ると、少し傾いたローストビーフの皿からグレービーソースがこぼれて、ぽたりぽたりとワゴン上部から支柱を伝って床に落ちているのだった。

なんだ。

彼は皿の位置を直すと、ワゴンの隅に置いてあったダスターで丁寧にワゴンと床のグレービーソースを拭《ぬぐ》った。

再び進み始める。

『ヘイスティングス』が性悪なのは、ただきしんだりコースを外れたりするからだけ

ではない。

いつのことだったろう——明るい朝の廊下だった——ざわざわと出発前のお客たちが行き交う華やいだ時間。従業員たちも、忙しくにこやかに動き回っている。あの時はバンケットルームに皿を運んでいた。明るい朝の陽射《ひざ》し。バンケットルームに向かう長い廊下で、彼はふと、ワゴンの前に何かが引っ掛かっているのに気付いた。なんだあれ？

手だった。

小さな爪《つめ》のついた子供の手が、ワゴンの前につかまっている。

悪戯《いたずら》か？

そっと身体をずらしてワゴンの下の段をのぞいたのと、「急いでくれ、準備が遅れてるんだ」と、バンケットルームの先輩に呼ばれたのは同時だった。が、彼は見ていた。ワゴンにつかまっていた子供の手に続く身体があるはずのそこは、何もない素通しで床が見えた。何かの見間違いだ、とその時は仕事に意識を集中したのだが。

こんな話を聞いたこともある。先輩の一人が、やはり深夜のルームサービスで、スイートルームの近くを通った時に、急にがりっという音がして、ワゴンが止まってしまった。ほんの一瞬のことで、すぐにまた動き始めて仕事を終えたのだが、料理と酒を届けて空いたワゴンを運び始めて、ふと、ワゴンの隅に付いている傷に気がついた。

歯形がついていた。

堅いワゴンの金属をえぐるように、円形の歯形がついていたのである。

ワゴンを押しながら、彼はそっと、その歯形が付いたとされている場所に目をやった。今では削ってならしたような、かすかにでこぼこした跡があるだけで、歯形と思《おぼ》しきものはうかがえない。もしかすると、本当は先輩の誰かが、どこかにひどくぶつけて破損したことをごまかすために作り出した話かもしれない。

だが、あの手は？

頭の中で、別の声が彼に問い掛ける。彼は慌《あわ》てて自分に返事した。悪戯坊主《ぼうず》が、ぱっとワゴンにつかまってすぐに逃げてしまったのさ。きっとそうさ。

その時、ぴしっと何かの音がして、顔にかすかな痛みが走った。

はっと夢想から醒《さ》める。

なんだろう、今の？

彼はきょろきょろした。ワゴンが何かを踏んづけて跳ね上げたらしい。頬に当たったのは小さなものだった。少しの間床を見回したが、それらしきものは見つからない。

ぼんやりしていないで、急がなければ。

気分を引き締める。動き出すワゴン。

低いゴーッという音が加速する。

が、しばらくして、また、ぴしっ、ぴしっ、という鋭い音が響いた。

床を見ると、何か白いものが散っている。

彼はワゴンを止めて、そっと床にかがみこんだ。

自分の鈍い影の中に、小さな半月形のものがぱらぱらと落ちていた。

恐る恐る手を伸ばして、その一つを拾う。

爪だ。切った爪だ。

不意にゾッとして、ぱっとそれを捨てた。ゴミを見つけたら拾うのは鉄則だが、彼はどうしてもそれを再び拾い上げる気にはなれなかった。

なんでこんなところに？

激しい嫌悪感《けんおかん》を覚えながら、彼はもう一度床に散らばっている爪を見た。

きっと——きっと、飛び散り防止のついていた爪切りを誰かが持っていた。たまたまその爪切りから、中に溜《た》まっていた爪が落ちてしまったのだ。恋人との夜を過ごす前に、伸びた爪を切っておこうと——なんで、切った爪がこんなにたくさん落ちているんだ？　どうみても、一人や二人の量ではない。

ワゴンを強く押した。羽根のように軽いワゴン。廊下の奥へ奥へ。

もう深夜だ。こんなところを歩くお客などいやしない。清掃担当者に任せておけばいい。それよりも早く料理を届けなくちゃ。

最近辞めてしまった、彼と年の近かった若い女性従業員の話が突然浮かんだ。

かつて人間の身体に付いていたものって、身体を離れると、どうしてああもおぞましいのかしら。髪の毛だって、恋人の頭についていればとても愛《いと》しいのに、離れてしまうとあんなに嫌なものってないわよね。

彼女の話はこうだった。ある日、客の出た部屋に入って何気なく枕《まくら》を持ち上げたら、シーツが黒くなるほど大量の髪の毛がごっそり落ちていて飛び上がったのだ。枕の下だけではない。毛布の下にも、ソファのクッションの下にも――

あの爪は？　あの切った爪はいったい。

ワゴンは長い廊下を進む。

もうすぐだ。あの角を曲がってすぐの部屋だ。この四皿のローストビーフを届けたら、急いで戻ろう。余計なことを考えてはいけない。

ゴーッという低い響きを上げて、ワゴンは進んでいく。

ワゴンに違和感があった。

ぱきん、と澄んだ音。

惑わされるな。早くこの仕事を終わらせろ。

彼は前を向いたまま、ワゴンを押し続けた。いつ果てるとも知れぬ廊下。灰色のような夢の続き。墓標のような扉の群れ。永遠にワゴンを押し続ける男。世界の中心、悪夢の中心に向かって。

ぱきん、ぱきん。

ワゴンががたがたと揺れる。何かが足元で砕け、壁に、床に散る。

彼はワゴンを止めた。世界は静寂に包まれた。

目を見開いて、床を見る。

床に白いかけらが転がっている。

一歩一歩、息をひそめてそれに近付く。

ワゴンの前方に、白いブツブツしたものがバラリと落ちていた。

最初、彼はトウモロコシの粒かと思った。

しかし、そうではなかった。

歯だ。抜けた歯や、折れた歯が、廊下に大量に落ちているのだ。

彼は声にならない悲鳴を上げた。それは、柔らかな天井に、壁に、絨毯《じゅうたん》に、音もなく吸い込まれていく。

彼はワゴンに飛び付いた。『ヘイスティングス』よ、**進め**。俺をここから連れ出してくれ。『ヘイスティングス』は、彼の悲鳴に応《こた》えるかのように楽々と進んだ。足元で、踏まれた歯の砕け散る音が花火のように響く。足や、袖《そで》や、銀の蓋《ふた》に歯のかけらがぶつかる。

廊下の角を曲がる。『ヘイスティングス』は軽やかにカーブをこなした。

あそこだ。あの部屋だ。

彼は大きく溜息《ためいき》をついた。

目的の部屋の前でワゴンを止める。

落ち着け。落ち着け。疲れているだけだ。早く届けてスタッフルームに戻るのだ。

深く息を吸い込み、ドアをノックする。

「ルームサービスでございます。たいへんお待たせいたしました」

思ったよりも落ち着いた声を出せた。声を出したことで、呪縛《じゅばく》が解けたような気がした。

やれやれ。深夜のホテルの中を歩いていると、ろくなことを考えない。

「どうぞー」

涼しげで美しい女性の声が答えた。

「おなかすいたよぉ」

甲高い子供の声。

彼はますますリラックスした。

子連れの女性か。いかがわしいカップルよりはよほど気が楽だ。

「では、失礼いたします」

彼はそう言って、ふとドアのノブに目をやった。

次の瞬間、その視線が凍り付いたように止まる。

ドアに、刷毛《はけ》でこすったような血の跡があった。

視線がドアの隙間《すきま》を舐《な》めるように上下する。

まるで拙《つたな》い絵筆を無造作に走らせたかのような、かすれた血の跡がドアのあちこちに。

じんわりと背中に冷や汗が浮かんできた。

足が何かを踏んだ。堅い異物感。

歯は、ここにも落ちていた。このドアの前にもひとかたまり、ぱらぱらと。まるで、この部屋に入った誰かが落としていったかのように。

バレンタイン・デーの深夜の親子連れ。真夜中にローストビーフ四皿を頼んだ女と幼児。

「いま、開けまーす」

軽やかな声が、だんだんドアの向こうに近付いてきた。

いいわけ

理由、と言われてもねえ。

なにしろ、今朝はとてもいい天気だったからね。嬉《うれ》しかったな。ここんところずっと、嫌なことばかりだった。その上、なんだかはっきりしない天気が続いてたから、今朝はずいぶん久しぶりに青空を見たような気がしたんだ。

うん、僕の郷里で見たような、スカッと抜けた青空さ。ここだけの話、本当は都会なんて嫌いなんだよ。まあ、仕事だから仕方なく住んでたけどね。

それで、今朝は目覚まし時計の世話になることなく、一人で気持ちよく起きられたんだ。すがすがしい朝ってやつ？ おいしく朝食も食べられた。いつもなら、うるさい奴《やつ》がいっぱい一緒にテーブルを囲んでて、僕に向かってガミガミ言うんだけど、今日はどういうわけかみんな早くから出払ってたらしいんだな。

僕が普段、どんなにガミガミ言われながらご飯を食べてると思う？ 食事の席が辛気臭いのもどうかと思うけど、あんなにしかめっ面《つら》でみんなが文句ばかり言ってるっていうのもどうかかな。子供の頃は、あまり食事の時に無駄口は叩《たた》くなと言われたっけ。行儀が悪いし、消化にもよくないからってね。

だから、今日はご機嫌で朝ご飯を食べたよ。一人の食事っていうのも、たまにはいいもんだね。オレンジがとてもおいしかった。オレンジだよ。なにしろ、毎日の食事でデザートまで辿《たど》り着くことはめったにない。いつも誰かに中断されて、仕事だ、ついてこいと急《せ》かされるのさ。おいしかったな。子供の頃、友達とピクニックで食べたのみたい。

そう、あのオレンジのお陰で、何か変わったことがしてみたくなったんだ。

いつもは周りに大勢人がいて、ああしろこうしろ、あれは駄目これも駄目って、いろんな人が正反対のことを言うんだ。どっちかにしてほしいよ。だけど、みんな仲が悪くて、いつも僕のことを味方に引っ張りこもうと狙《ねら》ってる。だから、どっちのいうことを聞くかは、結構気を遣ってるんだ。僕は平和主義者だからね。

大家族で育った子って、孤独に憧《あこが》れるものなんだ。僕もその口さ。しかも、僕の仕事はチームワークを必要とされるから、ますます一人になれる機会は少ない。みんなが僕と話したがるけれど、僕だってたまには一人になりたいんだ。

今朝がその機会だった。僕は、人の来ない場所を探して、ゆっくり一人で歩いていた。いつも僕に付いてくる大男もいなかった。知ってるよ、あいつはゆうべ、カキに当たって腸炎になったんだ。カキに目のない男でね。きっと今ごろは病院で点滴を打ってるはずさ。あいつがカキを食べていなかったら、きっとこんな話をすることもなかっただろう。

　あいつの姿が見えないんで、僕はますます上機嫌になった。一人きりで歩き回れるなんて、いったいいつ以来だろう。そりゃあ、たまには失敗もするよ。みんなにいい顔ばかりしていられない時もある。だけど、昔の失敗をしつこく蒸し返されて、監視されるのは嫌だな。僕だって、一人でちゃんとできるんだから。

　僕は、書斎に入っていった。なんだか冒険してるような気分になって、あちこち引き出しを開けてみた。そうしたら、どうだい。僕が子供の頃から大好きだったチョコレートバーがごっそり隠してあった。誰かがこっそり夜中に食べようと思ってたんだろう。

　甘いものや硬いものは食べすぎないようにって言われてるんだけど、隠れておやつを食べるのって、興奮するだろう？　ちょっといけないことをしてるのって、幾つになっても楽しいものさ。そんなものを隠しておいた奴が悪いんだ。

うきうきしながらチョコレートバーを食べたよ。お陰で、ますます頭がはっきりして、何か特別なことをしなきゃならないって気分になった。

チョコレートバーを幾つ食べたかって？　さあね。三本、四本。いや、五本だったかな。実は、僕は数字を数えるのが好きじゃない。なんでみんな数字ばかり気にするのかな。数なんて問題じゃないよ。要はハートさ。気持ちが大事だよ。

本当に、今朝はとても運がよかった。奇跡的な朝だった。誰にも会わずに、あそこまで行けたんだもの。今でも信じられないよ、一人であそこまで行けるなんて。やっぱり、今日は特別な日だったんだ。この僕が特別なことをすべき日だったんだね。

これが理由だよ。

納得できないって？

だって、TVを観《み》るといつも胸が痛むよ。悲しいニュースを聞くと何かしなくちゃと思う。だから、僕は、僕だけにできることをしたんだ。僕がみんなを解放し、救ってあげなくちゃならない。それが僕の仕事なんだから。僕には一人きりでそれができるんだから。だからあの素敵なボタンを押したのさ。なにしろ、あのボタンを押せるのはこの地球上で僕だけなんだからね。パパだって、あのボタンは押せなかった。

そうだなあ。強いて言えば、あの瑞々《みずみず》しいオレンジのせいかな。もしくは、大男が食べたカキのせい。そうでなければ、誰かが隠しておいたチョコレートバーのせいだよ。

でも、煎《せん》じ詰めればあの素晴らしいお天気のせいってことになるのかな。僕は自然を愛する男だから、明るい日の光を見ると気分が高まるんだ。

え？　昔、フランスで、同じ理由で人を殺した人間がいたって？

さあ、知らないな。僕は過去のことには構わないたちだし、あまり本は読まないんだ。そんな奴と一緒にしてもらっちゃ困るよ。僕は、あくまでも、世界中の大勢の人間を救うためにあのボタンを押したんだもの。

ねえ、僕は、祝福されるためにここにいるんだろ？　え？　ここ、天国じゃなかったの？

一千一秒殺人事件

これからお話しするのは、星に殺された男の話である。

いったいどうやって？　なんの星に？　巫山戯《ふざけ》たことをお言いでないよ。いろいろ不思議に思われる向きもあろうが、その辺りはおいおい語っていくことになるので、ここは今暫《しばら》くご辛抱願いたい。

星に殺されたといえば、Egyptに落ちた隕石《いんせき》が犬にぶつかって死亡し、哺乳類《ほにゅうるい》が初めて隕石に殺されたと話題になったことを思い出す。なんでも、その隕石は火星から落ちてきたという話で、遠い遠い赤い星からやってきた石が、そんな小さな獣にぶつかるなんて、その場面を想像すると奇妙な心地になったことを覚えている。犬は生まれた時からそんな死を迎えると決まっていたのだろうか。落ちてきた隕石は熱かったのだろうか。その瞬間、犬の頭の中にはどんな絵が浮かんでいたのだろうか。

さて、とりあえず犬はどうでもいい。本題に入ろう。

ある夕暮れ、T君はA君と連れ立って出かけた。

ぼちぼち梅雨も明けようかという蒸し暑いJulyの初めだが、どろりとした茜色《あかねいろ》に染まった空がどことなく血なまぐさく見え、舌の上に錆《さび》めいた血の味を覚えるのは、なにかと世の中がきな臭いせいだろうか。

熱狂した歓声が闇《やみ》を埋め尽くした提灯《ちょうちん》行列の記憶はまだそんなに古くは感じられない。その提灯が東京の夜を飛び回る無数の蛍の光に変わり、やがてはそれが新たな世紀の空を飛び回る鈍色《にびいろ》の飛行機に変わっていくのを、T君は雲の向こうに眺めていた。

T君が宵の空に星を探し、翼を探し、宇宙の法則を探すのは常のことだから、話し掛けても返事がないのをA君も気には留めなかった。むしろ、A君はこれから起きることの方にすっかり心を奪われてしまい、一人でドキドキしていたのである。

なぜならば、今の二人はバケモノ屋敷に向かうところだったからだ。

バケモノ屋敷といっても、九尾《きゅうび》の狐《きつね》や、足のない女の幽霊が出てくるというわけではないらしい。近頃は超自然が流行《はや》りらしく、千里眼だの予知夢だのという現象を巡って、白衣を着た連中が実験を行う時代になったようだ。そして、どうやら、このバケモノ屋敷はそちらの部類らしいのである。

スズムシのような、涼しげでいて耳障《みみざわ》りな音が後ろを通り過ぎる。

二人はほとんど同時に後ろを振り返った。

輪回しをする子供たちだ。いつ頃からあの遊びが何処《いずこ》の街角でも見られるようになったのかは覚えていないが、あの音は、大人たちの身体《からだ》に埋もれた土鈴を共振させるようだ。

こんな日暮れの街角を走り過ぎる彼らを見ると、なぜかmelancholicな、どこかに慌《あわ》てて帰らなければならないという衝動が込み上げてくる。しかも、あの澄んだ音に、T君もA君も狂気ということを考えてしまう。彼らに交じって、自分たちがアハハと甲高く笑いながら、大きな身体に学帽をかぶり、輪回しをしつつ遠い国に運ばれていくところを想像してしまう。そして、いつまでも昼と夜の境目を縫いながら、ずっと輪回しを続けているところを思い浮かべるのだ。

猫が嘲《わら》っている。電信柱に尻尾《しっぽ》を巻きつけ、じっと二人を窺《うかが》っている。T君はそんな猫に気付かないふりをしているが、笑う猫の目は三日月に似ている、と思う。

さて、件《くだん》のバケモノ屋敷は、牛込の外れの坂をぐるぐる上った中の、路地の奥にあるらしい。

かつては身請けされた芸者が住んでいたとも、履物屋の御隠居が住んでいたとも聞いているが、現在住んでいるのは、トラという婆《ばあ》さんとタエというその孫だという。二人は、近所の料亭からこの家の留守を任されている。今の屋敷の持ち主はその料亭の主人らしいのである。二人とも昼間は料亭で下働きをしているが、夜の洗い場に詰める前にトラがちょっと家で休み、その間タエが店の掃除をし、タエが家に戻るとトラが出ていくという按配《あんばい》で、おのずと夜は、タエ一人で留守番をせざるを得ない。時折近所の者や店の手伝いの者が一緒に留守番をしてくれることもあったが、次々と起きる異変に皆真っ青になって逃げ出してしまい、一度この家で夜を過ごした者は二度とやってこないという。

A君がこの家の話を聞いたのは、彼の幼馴染《おさななじ》みが表具師の親父《おやじ》さんと一緒にこの近辺を回っているからで、仕事仲間の間では「あの家は出る」と昔から言われていたそうだ。

それが具体的にどんなものなのかは、なぜか皆話したがらなかったらしく、とにかく「家が鳴り、石が降ってくる」としか教えてくれなかった。

好奇心の強いA君は気になって、独自に調査をした結果、彼らの作り話でないことが判明した。それどころか、ここ数カ月は特に怪現象がひどく、あまりに夜の家鳴りが酷《ひど》いので、近所の住人まで逃げ出す始末だというのである。

この話をT君にしたところ、元々機械と飛行機と鉱石が大好きというT君は、「石が降る」というところに強い興味を示した。西洋の文献にはしばしばそういう記述が出てくるそうで、T君なら見たがるだろうというA君の思惑は当たったわけだ。

そんなわけで、A君は幼馴染みのつてを使って、その屋敷に一晩滞在するという許可を取り付けたのである。博覧強記である作家のT君ならば、その原因に思い当たるところもあるかもしれぬ、という些《いささ》か薄弱な根拠ではあったが、とにかく原因が分かるだけでもよいし、こんなところに興味を示してくれるだけでも有難い、是非来てくれ、とトラは幼馴染みを拝み倒さんばかりだったという。

親父に似たような話を聞いたことがある、とT君は道々話し始めた。明石《あかし》の師範学校の先生から、昔の写本を借りてきてくれてね。広島の三次《みよし》というところで、江戸時代、凄《すさ》まじい物《もの》の怪《け》に襲われた屋敷があって、それがどうもこれから行く屋敷と似たような暴れ方をしたようだよ。

薄雲を染める茜色は、もはや固まりかけた血のように、暗い臙脂色《えんじいろ》に変わりつつあった。

T君とA君は水を打った古い石段を上がり、A君が幼馴染みに書いてもらった地図を頼りに、狭く薄暗い路地を上っていった。辺りはひっそりとして人影もなく、まるでその一帯だけが神隠しにあったようである。終わりかけた紫陽花《あじさい》の濡《ぬ》れた葉や、日陰に並べられた鬼灯《ほおずき》の鉢の赤い色だけが妙に生々しい。通常この時間ならば、甘辛く煮た魚や、乳臭い米を炊《た》く時の、夕餉《ゆうげ》の湯気が漂ってきそうな路地なのに。

おのずと重なり合う下駄の音も憚《はばか》られ、二人は息を潜めて板塀の脇《わき》を進んだ。地図によれば、屋敷は次の角を曲がって上り詰めたところにあるはずである。

ひょいと先に角を曲がったA君は、ふと、何かが気に掛かって顔を上げた。狭い石段の上に、なぜかそこだけ沈み込むように暗い屋敷が目に入る。しかし、A君が気に掛かったのはその屋敷ではなく、別のもののような気がした。

釈然としないまま、歩き出そうとする。が、次の刹那《せつな》、後ろから来たT君が息を呑《の》むのを聞いて、A君も視線を上げ、自分が感じたものの正体を知ることになる。

空に子供が浮かんでいた。

最初はそう思いギョッとしたが、よく見ると、それは古びた大きな市松人形である。それが、門柱のずっと上の宙に立っている格好で、臙脂色のかすかな光に照らされてぬうっと浮かんでいるのだった。

むろん、T君もA君も度肝を抜かれて、その人形を見つめたまま動けない。どこかに糸でもついているのか、釣り竿《ざお》で吊《つ》っているのか、と目を凝らし人形のすぐ真下まで行ってみるが、人形の足袋の底が白く花びらの形に並んでいるのが見えるだけで、どこにも仕掛けなどありそうにない。

と、突然、ひゅうっと人形は凄《すご》い速さで飛んでいってしまい、アッというまに見えなくなってしまった。

二人は目をぱちくりさせる。

血の引いた全身に、ゆっくりと体温が戻ってきた。

目の前からなくなってしまえば、ほんの数秒前まで自分たちが固唾《かたず》を呑んで見ていたものなど嘘《うそ》っぱちで、何か大きな鳥でも見ていたのかと思い始めてしまう。それが、たとえあのロック鳥だったとしても、大したことではないような気がしてきてしまうのである。

ともあれ、二人は石段を上がり、小さな門柱の間を通り抜けた。

途端に、同時にぴたっと足が止まってしまう。

辺りにはまだ光が残っているのに、その界隈《かいわい》だけ、屋敷の敷地だけがとっぷりと暮れた夜の中にあるようだった。重い闇に包まれた家。まるでその屋敷だけ、強い重力のくびきに喘《あえ》いでいるように思えたのだ。

　来るまでは半信半疑、面白半分であったことをA君はこの瞬間に認めた。しかし、目の前にあるのは、どうやら正真正銘のバケモノ屋敷である。今更引き返すわけにもいかず、なけなしの見栄《みえ》を張り、彼は「御免ください」と豪胆な声を出そうとした。

「ままよ」とぐいと胸を反らし、ガラリと勢いよく玄関の戸を開ける。

　そこでまた、A君は尻込《しりご》みをしてしまった。

　家の中がこれまた暗いのである。足を踏み入れたとたん、見えない壁に頰を打たれたような気がした。廊下の影が濃く、粘りのある空気が肌にまとわりつく。目が慣れるまで待ってみたものの、大きな硝子戸《ガラスど》も入っているというのに、やけに暗いのだった。

　ひょい、と白い顔が廊下の奥に浮かび、それはそれでA君をぎょっとさせた。

　が、その顔は驚いた顔になり、細い目がじっとこちらを見つめているので、留守番をしている娘だと知れた。

「やあ、君がタエさんだね、トラさんに聞いているかい。今日は僕らがお邪魔することになったよ」

　そう愛想よく話し掛けてみるものの、タエは一寸《ちょっと》困った顔をして、何も言わずに引っ込んでしまった。無口な娘らしい。

納得したものと決め込んで、二人は中に上がった。パンと葡萄酒《ぶどうしゅ》を用意してきていたので、客間と思《おぼ》しき奥の八畳を居場所とする。

電灯を点《つ》けたものの、やはり薄暗い。

縁側は開け放してあり、簾《すだれ》が下ろしてあるが、もう日は落ちているとはいえ、外の方が明るいくらいだ。

A君は、えらいことになったと内心後悔し始めていたが、T君は、意外とそんな雰囲気にも平気らしく、ロンドンに着いた「神風号」の快挙や新しいカメラの話、値上げされた葉書に対する文句などを淡々と話し続けている。

けれどA君は、控えの間でじっと座っているタエのことが気になっていた。

タエは律儀《りちぎ》にも、正座して隅に控えている。好きにしていてよい、と声を掛けようとしたが、A君はなぜかそうすることができなかった。

もしかして、この娘はいつもこうしてここに座っているのではないか。

そんな気がしたのだ。

タエが一人で家にいる時も、こうして膝《ひざ》も崩さず隅に座っているところが目に浮かんで、A君はゾッとした。よくこんな家に一人で留守番をしていられるものだ。気丈なのか、鈍感なのか。その無表情な顔からは何も読み取れない。

「なんだか肌寒いね、ここは。物の怪のせいなのかな」

T君はのんびりと呟《つぶや》くと、巻きタバコを取り出して、マッチで火を点けた。

津軽塗《つがるぬり》のテーブルの脇に、季節外れと思う火鉢がまだ出してあったが、ひょっとすると、この家では一年中火鉢が必要なのかもしれない。T君はさりげなくそこに灰を落とした。

ふと、A君は視線を感じた。

控えの間の娘が、じっとこちらを見ていた。その目は何を見ているのであろう。A君はさりげなくその視線を追った。T君だろうか。いや、違う。娘の視線は、どうやらその染付の火鉢を見ているようなのだ。

が、そのうちにA君は別のことに気付いた。娘の顔の後ろにもう一つ白い顔がある。

暗い控えの間に、もう一人誰かいる。

A君は思わず腰を浮かせた。娘が驚いたような顔になる。

「あれは」

A君は、T君に自分の見ているものを示した。

さっき宙に浮かんでいた市松人形が、娘の後ろの壁の、違い棚の上に座っていたのだ。

「こんなところに」

さすがのT君も、顔色が変わる。

間近で見る人形は大きく、その乏しい表情は娘によく似ていた。

二人は、互いに聞こえないように溜息《ためいき》をついた。

「ねえ、君、ここはもういいよ。部屋で休みなさい。あとは僕らが起きているから。トラさんが帰ってきたら、僕らが先に寝かせたと言っておくよ」

A君がそう言ったのは、控えの間の暗がりが、違い棚の人形が、そしてそこに座っている娘が怖いからだった。正直なところ、さっさとその襖《ふすま》を閉めて、人形と娘を見えなくしてしまいたかったのである。

「へえ」

娘は素直に頷《うなず》くと、すくっと立ち上がり、パタパタと廊下の奥に消えた。どうやら、そちらに寝る部屋があるらしい。

A君はすかさず襖を閉め、隙間《すきま》のないことにホッとした。

改めてパンを肴《さかな》に、茶碗《ちゃわん》に葡萄酒を注ぎ合う。

歓談しつつも、今度はT君が肩をぴくりとさせた。

「――誰だい」

その声は庭先に向けられている。

まだかすかに光の残る庭で、何かが動いた。

膨らむ闇《やみ》。

「――こいつは御免なさいよ」

半纏《はんてん》をまとった、やせぎすの男がひょいと縁側の向こうに姿を現す。

「あっしはそこの下に住んでる植木屋ですが、いないはずの男衆の声がしたんで、つい。辺りも引っ越して、下の通りじゃビラ撒《ま》いてるし、何かと物騒なんでね。旦那《だんな》方はここで何をなすってるんで」

富士額のくっきりした、ちょいといい男であるが、目付きは鋭い。

「トラさんに頼まれて今日だけ留守番をしてるんだ。この家は賑《にぎ》やかと聞いたんでね」

びくびくしていると思われたくなかったので、A君はそんな軽口を叩《たた》いてみせた。

植木屋は、クッ、と奇妙な笑い声を立てた。

「そうですか。いや、確かにこのお宅は賑やかですよ。婆さんの許しを得てるんならいいんです。こちらの事情も御存じのようだ。それじゃあ、ごゆっくり」

来た時と同様、男は庭先の闇に消えた。しかし、男の浮かべた奇妙な笑みと笑い声はずっとそこに残っているような気がした。もちろん、彼もこの家の噂《うわさ》は聞いているのだろう。

何度か茶碗を干すと、ようやく人心地ついた。

市松人形も、奥で寝ている娘も気にならなくなった。二人の声はだんだん遠慮がなくなり、知り合いのゴシップや世界一周航路の計画で大いに盛り上がる。

しかし、それは唐突に始まった。

葡萄酒の罎《びん》の残りが三分の一くらいになった頃だ。

ドンっ、という音がして、床が揺れた。

会話を中断し、二人は顔を見合わせた。

何気なく振り返ると、火鉢がひっくり返っていた。一抱えもある、重い大きな火鉢が、見事に逆さになっている。

そのことに目を見張る間もなく、続いて襖がドンドンドンと叩かれ始めた。

例の、控えの間の襖である。まるで、その狭い部屋にぎっしり人がいて、一斉に向こう側から襖を殴っているかのような音だ。

襖は揺れ、しなり、震えていた。ドンドンドンと太鼓のような激しい音が切れ目なく続いていて、到底無人とは思えないが、さりとて襖を開くこともできなかった。

家鳴り。これを家鳴りという言葉で済ませられるとも思えない。

簾が揺れ、柱が震える。腹に響く、地響きのような大音響である。

思考する暇もなく、今度は畳が揺れ始めた。足元から突き上げてくる力は、大地震のように暴力的で迷いがない。地震と異なるのは、明らかに畳一枚一枚を別の力が突き上げてくることで、床が波打ち、畳の縁が浮き上がった。

二人は座っていられなくなって腰を浮かせたが、ガクンガクンと足元から突き上げてくるのでじっとしているのも困難なほどだ。それに、とにかくめちゃくちゃな五月蠅《うるさ》さなので、会話を交わすこともできないのである。

いきなり嵐の中の船に放り込まれたようで、恐ろしさよりも驚きの方がまさっており、二人は蒼白《そうはく》になったまま、ただそれをやり過ごすことしかできなかった。

ズシン、という鈍い音がして、突然、ピタリと家鳴りが止《や》んだ。

これもまた唐突としか言いようがない。

それまでの大騒ぎが嘘のような静寂が家を包む。

その沈黙が、かえって二人には恐ろしかった。さっきの騒ぎがまだ終わったわけではないことを、どちらも感じ取っていたからである。

その証拠に、ひっくり返ったはずの火鉢が宙に浮いていた。畳の上には火鉢の中から飛び出した白い灰の山がある。空っぽの火鉢が宙にピタリと止まっているのを、二人はいつでも逃げ出せるよう膝を立てて見上げていた。頼むから自分の頭の上には落ちないでくれ、と考えていることがどちらの顔にも書いてある。

が、突然足元が波打って、二人は宙に放り上げられた。

バタバタバタンと、忍者屋敷のように畳がそそり立ち、部屋の中が埃《ほこり》だらけになる。畳でしたたかに顔を打ち、床に乱暴に放り出されて、二人は痛みに顔をしかめ、呪《じゅ》詛《そ》の声を上げて身体《からだ》を起こした。見ると、床の真ん中にぽっかり穴が開いていて、そこに落ちた火鉢はぽっかりと開いた井戸になっていた。

「井戸だよ」

「井戸だね」

「ねえ、さっき見た時よりも、火鉢が大きくなってやしないかい」

恐る恐る井戸を覗《のぞ》くと、うんと奥の方に、顔を出した二人の男が見えた。丸い水面に映った自分たちの姿がかすかに揺れる。

再び激しい力が足元を突き上げてきて、気が付くと二人は井戸の中に落ちていた。

浴衣《ゆかた》の裾《すそ》がびらびらとはだけ、長い悲鳴を聞いたあとで、冷たい水の中に投げ込まれる。

痛みと恐怖、混乱と衝動。

二人は必死に水面に浮かび上がり、懸命に泳いだ。水は、なんだか甘くてよい匂《にお》いがしたが、そんなことはどうでもいい。

「A君、ここに縄梯子《なわばしご》がある」

T君の声を聞き、彼が水から這《は》い上がる気配を感じ、A君も慌《あわ》てて手を振り回し、縄の感触を確かめると、力を振り絞って身体を引っ張り上げた。

つるつる滑る壁、いい匂いのする壁を二人して登っていく。

天井の方に、明るい光が見えた。出口までもう少しだ。

ハアハアと息を切らしながら明るいところに這い出すと、二人が出てきたのは持参したはずの葡萄酒の壜で、二人は葡萄酒まみれになって津軽塗のテーブルの上に降り立つと、葡萄酒色になった浴衣からぷんぷん香り立つアルコールに酔いつつ、そこで一休みした。

と、目の前に巨大な三日月が二つ、すうっと昇ってきた。

三日月は瞬《まばた》きをし、「にゃああ」としゃがれた声で鳴く。

それは、この屋敷に向かう途中の、電柱のところから付いてきた猫だった。葡萄酒の匂いを嗅《か》いで、縁側から上がってきたのだろう。

生温かい、巨大な舌が伸びてきて、二人の身体をぺたんと覆《おお》ってしまう。

「うわあ」

ざらざらした、桜色と灰色の交ざった生き物が二人の全身の葡萄酒を舐《な》めている。窒息しそうになって、A君は必死に猫の舌から這い出そうと手を伸ばした。同じく息切れしながらも、隣ではT君が恍惚《こうこつ》とした声を上げている。

「ホホウ、これこそがV感覚に違いない――温かくて、ぬるぬるしていて、しなやかで、柔らかくて――いや、自分ではなく、猫の舌の方がVなのか。それともこうしているこちらの身体の方がVなのか――分からん」

さんざん舐めて満足したのか、酔って動けなくなったのか、やがて猫はゆっくりと去っていった。唾液《だえき》だらけになった二人は、ようやく一息つけるようになって、テーブルの隅の巻きタバコに腰掛けて一休みする。

「これはいったいどうしたことだろう。さっきまで僕が吸っていたタバコに、今はこうして腰掛けている」

T君は憮然《ぶぜん》とした声を出した。

「おや、星が綺麗《きれい》だ」

A君が、空を指差した。見事な星形をした星が、真っ黒な空に並んでいる。

「馬鹿《ばか》だな、君は本当に月や星が存在していると思っているのかい。あれは、黒い紙に張った銀紙なんだ。本当は、空には何もありやしないのさ」

T君が小馬鹿にしたように呟いた。

「ではあれは。あれはどうなんだ」

A君は怒ったように別のところを指差す。

そこには、タエがいた。

空中に浮かんだ畳の上に、タエが目を閉じて座っていた。

畳の裏側には、あの市松人形が逆さに座っている。

「あれも存在しないというのか」

「分かったぞ」

突然、T君がタバコから立ち上がった。

「この家の家鳴りを起こしているのは、あの娘なんだ。あの娘自身気が付いていない、思春期の力だ。潜在的な、まだ目覚めていないErosの力が、この恐るべきエネルギーを引き出しているに違いない」

T君は庭に飛び出し、空の娘に向かって興奮してまくしたてる。A君も、慌ててT君に続いて外に出た。月夜にぽっかりと浮かんだ畳と娘。見ようによっては、アラビアン・ナイトの一場面に見えないこともない。

「そう、あの娘が住むようになって、ここ数カ月、家鳴りはますますひどくなった。抑圧されたエネルギーが、この家と共鳴して、凄《すさ》まじい力となっているんだ」

タエはいっこうに目を覚ます気配がない。

「それがあの家鳴りなのか」

「そうだ」

「おい、待てよ、家の中にまだ誰かいるぞ」

A君が、興奮するT君を宥《なだ》めるように声を低めた。

ザッ、ザッと落ち葉でも掃くような音が部屋の中から聞こえてくる。

二人は縁側からそうっと簾《すだれ》の向こうを覗《のぞ》き込んだ。

テーブルの上には、見覚えのある葡萄酒《ぶどうしゅ》の罎と茶碗が置かれている。

「誰だ」

畳の上にかがみ込んでいた男がパッとこちらを振り返った。

墨付けでもして塗り分けたような、鮮やかな富士額。

さっきの植木屋が、畳の上の灰の中から何かの塊《かたまり》を拾い上げて袂《たもと》に入れると、冷たい笑みを浮かべた。

「やあ、旦那方、まだそんなところにいたんですかい。とっくに逃げ出したかと思ってたのに」

「何してる」

A君が硬い声で問い詰めても、植木屋は静かな笑みを崩さない。

「婆《ばあ》さん、火鉢の中に小金を貯《た》め込んでたんですよ。年中目に付くところに置いて見張ってたってわけだ。確かめる機会をずっと見計らってたんだけど、いつもあの餓鬼が婆さんが帰るまで見張ってるんで、なかなか踏み込めなかったんだ。あっしも昼間は仕事が立て込んでるんでねえ。でも、今日は旦那が餓鬼を寝かせてくれて、しめたと思ったんだ。このバケモノ屋敷を舐めてる旦那方なら、あのドンドンいうのが始まったら、すぐに逃げ出すと踏んでたんですがねえ。存外にしぶとかったね」

「じゃあ、おまえは泥棒するために」

「察しのいいこって」

植木屋はにっこりと笑った。

が、袖口《そでぐち》からは鈍く光るものが覗いている。それが鋭く尖《とが》った匕首《あいくち》であることは一目で知れた。

「仕様がありません。バケモノ屋敷で殺されてもらいますか。いろいろな面妖《めんよう》なことが続いたあげく、ついに人まで殺《あや》めてしまったわけですな、このお屋敷は」

植木屋は凄味のある声で呟《つぶや》いた。

T君とA君は、後退《あとずさ》りをしようとした。しかし、暗い庭先で互いの顔は見えないが、どちらも蛇に睨《にら》まれた蛙《かえる》のように真っ青で、足は動かず、逃げ出すこともできないことは確かである。

「旦那方に恨みはありませんが」

匕首が私の光で鈍くきらめき、植木屋が簾を払って縁側に出ようとした瞬間である。


やれやれ、仕方がない。

私は実力行使に出ることにした。

すなわち、屋敷を持ち上げ、横に振ったのである。

結果は、基本的な物理を学んだ者ならば、じゅうぶん予想できるものであろう。

植木屋は縁側から放り出され、まっすぐに落ちていった。

火鉢とテーブル、葡萄酒の壜と茶碗《ちゃわん》も庭に落ちてしまったが仕方があるまい。家鳴りとそんなに違いはないはずだ。

私は、すぐに屋敷を元に戻した。家具もぐちゃぐちゃになっているが、きっと彼らが直してくれることだろう。

植木屋は、頭をまともに敷石に打ち付け、何も言わないままぽっくり死んでしまった。

庭では、T君とA君が口をあんぐり開けて、庭に放り出された火鉢や土の上に転がっている茶碗と、私とを交互に見上げている。

いつのまにか、宙に浮かんでいた畳は庭の隅に着地して、娘は市松人形を抱えてすやすやと眠っていた。恐らく、翌朝目を覚ましたら何も覚えていないだろう。

私は彼らにウインクをしてみせた。

お分かりいただけただろうか。

以上が、植木屋が星に殺された話だということを。

文字通り、私が殺したのでもあるし、重力の法則に従い、地球に頭を打ち付けて絶命したのだから、地球という星に殺されたのだとも言える。

どちらにしろ、私は三角形でもないし、黒い紙に張り付けられた銀紙などではないのだから。

それは、こうして明るい夏の月を見上げているT君とA君にもよく分かったはずである。

おはなしのつづき

ええと、きのうはどこまで話したっけ？

そうそう、白雪姫が七人の小人の家に入り込んで、ご飯を食べて、眠ってしまうところまでだった。

それっていけないことなんじゃないのって？

まあ、見ず知らずの人のうちに入って、冷蔵庫開けて飲み食いして、勝手に寝ちゃったんだものね。今だったら、そのうちの人に、おまわりさんを呼ばれても不思議じゃないよねえ。だけど、白雪姫は大昔の話だし、継母に殺されそうになって何も持たずに逃げてきたんだし、わるぎがあったわけじゃないし、非常事態だよね。

だから、七人の小人が家に帰ってきて、白雪姫を見つけても文句は言わなかったよ。

そもそも、小人の家に鍵《かぎ》なんか掛けてなかったんじゃないかな。パパの田舎だって、パパが子供の頃なんか、誰も鍵なんか掛けてなかったよ。

今じゃそういうわけにもいかないけどね。まあ、せちがらい世の中ってことかな。せちがらいってどういう意味か？　なんて言えばいいのかな。こんなふうにしたい、こんなふうだったらいいのに、とみんなが思っているのに、そんなふうにならなくて、本当はこんなことしたくないと思うようなことをしなきゃならないことさ。

分かりにくい？　うーん、困ったな。この次までにもう少し分かりやすい説明を考えておくよ。それで今日のところは許してくれるかな。

それで、まあ、白雪姫は七人の小人と一緒に森で暮らすわけなんだ。

平穏な日々さ。白雪姫は何をしてたか？　学校に行かなくていいのか？

さあね、お姫様だから、学校には行かなかったと思うよ。きっと家庭教師がついていたんだろう。

だけど、怖いおきさきは、白雪姫が生きていることに気が付いてしまうんだ。

どうしてだと思う？

ほら、例の、魔法の鏡だよ。おきさきは、白雪姫を殺してしまったと思っているから、自分がこの世で一番きれいな女になったと考えているわけだ。オリンピックだって、一位の選手がドーピングで失格になったら、二番の選手が繰り上がって金メダルになるだろ？　そういうことさ。

でも、魔法の鏡は何でも知っているから、おきさきが「世界で一番美しい女は誰？」と尋ねたら、「白雪姫」と答えるんだ。しかも、「森の中で七人の小人と暮らしている」と、白雪姫の居場所まで答えてしまう。黙っててくれればいいのにね。

で、おきさきはとっても腹を立てた。

誰だって、自分が望んでいる結果と違うことを言われると、ひどく感情的になるものさ。白雪姫を殺せと命じた手下に裏切られたことに気が付いて、もう人なんかあてにしちゃいけない、自分で白雪姫を消さなければ、と決心するんだ。

自分がやりたくないことを人にやらせるのはいけないよね。自分で率先してやらなくちゃ、人だってついてこない。そんなこと、誰だって分かってるのにねえ。

ああ、なんでもない、パパの独り言さ。

あ、もう時間だ。また今度ね。


さあ、このあいだの続きだ。

おきさきは、自分で白雪姫を殺しに行くことにした。

どうしておきさきは白雪姫を殺さなければならないのか？

そいつはとても難しい問題だ。

うーん。おきさきにとって、白雪姫は自分の娘じゃない。継母、というのはそういう意味だよ。お母さんを引き継いだってことだね。白雪姫の父親と結婚しているから、いちおう白雪姫のお母さんの立場になったんだけど、白雪姫を産んだわけではないから、血の繫《つな》がりはないよね。

となると、おきさきにとって、白雪姫は女どうし、ということになる。

女として、自分と白雪姫を比べるようになるんだ。

普通、お母さんと娘がどっちがきれいかなんて比べないよねえ。まあ、中には比べる人もいるかもしれないけど、娘が自分よりきれいだから殺してしまおうなんて思わないだろ？　だって、自分が産んだ子供なんだもの。人間、いや、動物は、自分と血の繫がりのある子供は本能的に守るものなんだ。

サルの仲間は、群れで暮らしているんだけど、新しい群れを乗っ取った時、乗っ取った群れの子供をぜんぶ殺してしまうことがあるそうだよ。ひどいことだけど、それくらい、生き物にとって、自分と血が繫がっている、ということは大事なのさ。

さて、お話の続きだ。

どうやってあのいまいましい、あいつさえいなければ自分が一番になれるはずの白雪姫を消すことができるのか。

おきさきは、いろいろ考えた末、リンゴに毒を入れることにした。

どうやって入れたか?

うーん、昔は注射針も無かっただろうし、入れるというよりは、きっと表面に塗りつけたんだろうね。毒を塗って乾かしたリンゴを、白雪姫に食べさせようと考えたわけだ。

何笑ってるんだい? どうして。

高野先生みたい?

そりゃ、先生だってユウくんにお薬を飲ませようと一生懸命なんだよ。

味で分かったって? まあ、お薬というのはえてしておいしくないものね。良薬口に苦し、って言葉があるくらいだし。

だけど、ユウくんのために必要なものなんだよ。高野先生を困らせないためにも、ちゃんと飲もうね。いっぱい飲んで飽きちゃっただろうけど、もう少しの辛抱だから。

うん、高野先生、美人だよね。うん、ほんと、すっごい美人だ。どきどきしちゃうよね。おいおい、ママには内緒だよ。

あ、ママは今日も来られないんだ。ごめんねって言ってた。ママには今、手を離せない大事なお仕事があるんだよ。

うん、白雪姫、高野先生みたいだったかもしれないねえ。

ああ、時間だ。この続きはまた今度。


この間はどこで終わったんだっけ？

おきさきが毒入りのリンゴで白雪姫を消そうとするところか。

おお、ユウくんは、ほんとに頭の形がいいね。横から見るとカッコいいぞ。

髪の毛がみんな抜けちゃったって、だいじょうぶ、またすぐに生えてくるさ。

パパの髪は薄いけど、ユウくんはママ似だもの。お薬が効いてくる途中なんだよ。

ライチョウだって、いったん全部毛が抜けて、新しい季節に備えるんだぞ。

高野先生がね、ユウくんは将来楽しみねって言ってたよ。凄《すご》いハンサムな、カッコいい男の子になるわよって。本当さ。好みのタイプだって。へへへ。羨《うらや》ましいなあ。

おっと、もちろん、パパにはママがいるからね。これも内緒だよ。

ごめんよ、ママは今日も来られないんだ。うん。ママ、ユウくんに謝ってた。

パパだけじゃ嫌かな——そうか、ありがとう。

ところで、おきさきは毒入りのリンゴを持って、白雪姫が暮らしている森に向かうんだ。

もちろん、変装してね。

どんな変装か？　黒いマントをかぶって、なるべく顔が見えないようにして、腰を曲げて、物売りのおばあさんの真似《まね》をしたんだ。顔が見えたり、いつものお城での格好だったら、おきさきだとバレてしまうからね。

ふふふ、そんな人が、今町の中を歩いていたら、めちゃくちゃ怪しいよな。一発で挙動不審だとバレちゃうよ。おまわりさんに質問されちゃうね。

そうそう、芸能人が、サングラス掛けてコソコソしてるとかえって目立つのとおんなじさ。何かを隠したいと思ったら、変わったことはしないことだね。いつもどおりにして、何も変えないことだ。後ろめたいことがあるからって、ケーキ買って帰ったり、脱いだものをきちんと洗濯物入れに運んだりしたら、言わずもがなだな。

言わずもがな？

ええと、バレバレだってことだな。ママは勘がいいから——いや、ユウくんも覚えておいたほうがいいけど、女の人ってみんな勘がいいんだよ。ねえ。嘘《うそ》つくと、女の子って、すぐに分かるだろ？

やっぱりね。ユウくんもそう思ってたか。

うん、だから、何かまずいなと思うことをやったら、素直に謝るか、完全に知らんぷりするかどちらかでなきゃ駄目だ。バレバレのことをすると、女の人はすごーく怒る。バレバレのことをしているあいだに、どんどん時間は経《た》つし、それと比例して——比例って分かるよな？　そうそう、右肩上がりのグラフだね——女の子の機嫌はどんどん悪くなっていく。それで、ついには爆発しちゃって、口もきいてくれなくなる。そうなったら、大変だ。だから、何かまずいことをしたら、すぐに謝るか、それができないくらいなら、何もなかったことにするべきなんだ。

なんでこんな話になったんだっけ？

ああ、すみません。もうこんな時間だ。いつも少ししかいられなくてごめんね。

さあ、お話の続きだ。今日はたっぷり、最後まで話すぞ。

おきさきは森に行き、白雪姫にリンゴを見せる。

白雪姫は、おいしそうなリンゴに心を動かされて、リンゴを食べる。

きっと、小人の家にリンゴはなかったんだろう。森の中だったら、木の実やきのこなんかはあったかもしれないけど、きっと白雪姫は野菜不足だったんだろうな。新鮮なリンゴをとらなくっちゃって思ったんだよ、きっと。

知らない人が何かくれるって言っても、その人から何かもらったり、ついていったりしちゃ駄目だって、白雪姫は誰からも教わってなかったんだろう。今なら、口がすっぱくなるくらいママや先生に言われるのにね。

白雪姫は無防備だった。

この上なく無防備だった。

パパはそのことが悲しいよ。きちんと教えてもらっていれば、白雪姫だって、見知らぬおばあさんからもらったリンゴなんて食べやしなかった。だいたい、こんな森の奥に、どうしてその日に限ってわざわざ物売りに来るんだ？　そんな、腰の曲がったおばあさんがだよ？　おかしいと思わないか？

分かるかな、これが「せちがらい」だよ。

白雪姫は無防備で、おばあさんを疑わなかった。だから、毒リンゴを食べて、倒れてしまった。自己責任だと言う奴《やつ》もいるかもしれない。

だけどさ、白雪姫は、お姫様なんだよ。

高野先生みたいに、真っ黒な髪に真っ白な肌、明るいほっぺたをした、素敵な女の子なんだ。そんな素敵な女の子が、いちいち人を疑うなんて嫌じゃないか。

まあ、なんておいしそうなリンゴなの、そう言って、無邪気にさくさくリンゴを食べてほしいじゃないか。

でも、そうはいかないんだ。白雪姫は警戒しなくちゃいけなかった。そうでなければ、世の中やっていけないんだ。

分かるかい、ユウくん。これが「せちがらい」だ。

でもね、パパは、本当のところ、白雪姫よりも、おきさきのほうが気になる。

どうしておきさきは白雪姫を殺さなければならないのか。

ユウくんだってそう聞いたよね。

おきさきは、誰にも頼らず、一人で毒を準備した。

魔法の鏡の声を聞き、白雪姫への嫉妬《しっと》にかられた。鏡の言葉を信じて。

なんて悲しいんだろう。

鏡は、何も考えていない。ただ見たものをそのまま口に出すだけ。

鏡は誰のことも愛していない。つまらない事実を伝えるだけ。

なのに、おきさきは逆上した。

自分の前から姿を消し、もう戻ってくるつもりもない義理の娘を、それでも亡《な》き者にしたいというその嫉妬の強さ。

おきさきが、一人で黙々とリンゴに毒を塗っているところを想像すると、パパは悲しくてたまらない。その時のおきさきの表情を考えると、胸がいたむ。どうしてなんだろう。

なぜおきさきは自分の美しさにそんなにこだわったんだろう。白雪姫を殺さなければならないほど、どうして一番美しくならなければいけなかったんだろうね。

そう考えると胸がいたむ。

黒いマントに身を隠し、暗い森の中を、一人で歩いていくおきさきは、いったい何を考えていたんだろうね。

自分の心臓の音を、荒い呼吸を、自分が踏む草の音を聞いていたにちがいない。ただひたすら、白雪姫を殺すために。

彼女はどんな顔をしていたのだろう。自分の顔を、魔法の鏡に映してみることはしなかったのか。鏡は、彼女の現実の顔を映し出しはしなかったのか。それとも、彼女は、もう鏡の中に自分の顔すら見えなかったのか。

彼女はどんな不幸を背負っていたんだろう。どんな満たされない生活を送っていたのか。白雪姫を亡き者にすることに、どうしてそんなに固執したのか。

パパは悲しくてたまらない。

殺さなくたっていいじゃないか。遠くでひっそり、森の中で暮らしているんだから、放っておいてやればよかったじゃないか。

そうだよ。

どうしてユウくんだったんだろう。

どうしてユウくんを放っておいてくれなかったんだろう。

このあいだは、自分の子孫以外の子は殺してしまうサルの話をしたけれど、誰の子だって構わずに、みんなで一緒に育てる動物だっていっぱいいるんだよ。

人間だって、元々はそういう動物なんだ。

おきさきだって、別に最初から白雪姫を殺したかったわけじゃないんだ。けっして、自分の子供じゃないからというわけじゃなかったんだ。

おきさきは、さびしいから、マントをかぶって暗い森を一人で歩いていったんだ。

毒リンゴを持って。

たった一人で。

白雪姫を殺すことでしか満たされない何かを背負って。

だって、そうだろう?

こんなふうに、高野先生や、他の先生や、いっぱいいる看護師さんや、ごはんを作ってくれる人だって、みんな、他人の子供が生き延びるように願って、いっしょうけんめい毎日こんなに夜遅くまで働いてるんだから。パパの友だちだって、みんなパパのためにお仕事を代わってくれている。ママの友だちも、おばあちゃんも、おうちのことをやってくれているんだから。

ねえ、ユウくん、聞こえるかい？

そうだろう？

暗い森を一人で歩いていくことなんかないんだ。

聞こえるかい？

明日また、このお話の続きを、白雪姫が王子様のキスで目覚める結末を、笑って聞いてくれるよね？

お帰りなさい、ユウくん。

ずいぶん久しぶりだねえ、おうちに帰ってくるのは。

ユウくんの部屋はそのまんまさ。ユウくんが留守にしている時もそうだったし、これからもずっと。

もうすぐママも帰ってくる。

ユウくんの――妹と。

ママはユウくんのところに行けなくて、本当にごめんなさいといつも泣いていたよ。ユウくんのところに行きたかったのに、ママはユウくんのぐあいが悪いのがとても悲しくて、ひどい難産で、ユウくんの妹を産むまでのあいだ、ずうっと入院していたんだ。

ユウくん、ママを許してあげてよね。ママは苦しんだ。ユウくんがもうすぐいなくなるのと、マイちゃんがやってくるのとが重なって、とっても苦しんだんだ。

うん、ありがとう。そう言ってくれるの、分かっていたよ。

ユウくんにしていたお話の続きは、今日からマイちゃんにする。

ずるくなんかないよ、ユウくんだって聞こえてるくせに。

ユウくんはもうお兄ちゃんなんだから、マイちゃんにゆずってあげてよね。

パパがそっちに行ったら、お話ししよう。

しばらく時間が掛かるけれど、必ずパパもそっちに行く。約束するよ、そっちに行ったらゆっくり話そう。

きみにしたかった話と、きみにゆっくり聞いてもらいたい、パパたちの、お話の続きを。

邂《かい》逅《こう》について

冬の晩である。北の町である。時折、雪の上をゴトゴトと走っていく車の音以外は、静寂である。二階である。窓がある。半纏《はんてん》を着た少女が机に向かっている。少女はノートの上にだらしなく頬杖《ほおづえ》を突いている。何か書いている。表情は憂鬱《ゆううつ》である。電灯の光が、長い髪の輪郭を照らしている。強い筆圧で、少女は書き続ける。

私はこの本を雑誌の中で見つけました
ティーンのファッション雑誌です
型紙も付いていました
中のカルチャー欄で文庫紹介のコーナーがあったのです
大きなページに何十冊も文庫の表紙が並んでいました
その中で私はこの一冊に惹《ひ》き付けられたのです

少女の部屋には大きな本棚がある。少年少女文学全集、毎月欠かさず買っている少女漫画雑誌、絵本に推理小説、背伸びして読んでいるハードSFも。
部屋の電気は消してある。目が悪くなるから部屋も点《つ》けておくべきだと親は言うが、机の電灯だけのほうが集中できるし、秘密めいた不思議な気分になれるから少女はそうする。

青い薔薇《ばら》が頭のところに載っていました
手にはマンドリンを持っている女の人です
そしてあなたに出会いました
あなたは探偵でした
どうしようもない探偵
空回りしている探偵
道化のような探偵
あなたは美しくて歌も歌え素敵な婚約者もいるのに
なぜこんな惨《みじ》めな役回りなのでしょう

少女の目の奥で暗い何かが揺れている。

語ろうとすると
論じようとすると
世界はなぜああも冷たいのでしょう
なぜ人のいるところでは無言で
人のいないところで内緒話をさせようとするのでしょう

少女は笑い声を思い出す。同級生たちの醒《さ》めた目が浮かぶ。北国の少女たちは皆早熟だ。少女にも、女の目をして話に加わることを求める。少女は追い詰められている。自分は少数派なのだと気付いている。少女の城には、魔女や天文学者や賢者はいても、男はいない。奸智《かんち》に長《た》けた殺人鬼や安楽椅子《いす》探偵はいても、つがいの男女はいない。

あなたはどうしてそんなに憂鬱にしているのでしょう
物語は完結せず

犯人は本の外にいる読者であると告発した
けれどあなたは不幸に見える
これから素敵な婚約者と一緒になるというのに
限りなく不幸に見える
世界を解くことに魅入られた女探偵は
不幸になるしかないのでしょうか

少女は追い詰められている。彼女は考えている。ノートに出すことのない手紙を書きながら考えている。

このあいだ絵を見ました
小中学生の作品を集めた展覧会
一枚だけ不思議な絵が
まるでこの本のように
ひときわ異質でこの世ならぬ絵が

少女の手は止まる。少女の目は鉛筆を見る。鉛筆の向こうに夜空と炎を見る。だだっぴろい殺風景な展覧会場の、あどけなく無害な絵の羅列の中で、その絵は異様な雰囲気を放っていた。暗い夜空を見上げる少年の横顔。火を吹いて落ちてくる沢山の飛行機。

少女はその絵の前で動けなくなり、絵の中の少年の目と視線を合わせていた。落ちてくる——墜《お》ちてくる。なんてきれい。キレイ。

私は知っています
沈められたUボートのことも
開発中だったロケットのことも
もしかして有り得た幾つもの戦後のことも

あの絵には奇妙なタイトルがついていた。「誰も見たことのない季節」。預言だったのだろうか。

あなたはどうなのでしょう

見たことのない季節をどう過ごしてきたのでしょうか
あなたは怖くなかったのでしょうか
孤独な探偵を選んだ時に
後悔はなかったのでしょうか
蒼《あお》ざめた薔薇を
見なかったのでしょうか

燃えている。少女の城は、落ちてくる飛行機に直撃されて、あちこち炎を上げている。火の粉が蝶《ちょう》のように宙を舞い、揺らめく炎がオーロラのように翻《ひるがえ》る。
少女は逃げ惑う。少年は夜空を見上げている。

月蝕《げっしょく》が見えます
月の光に照らされた夜の植物園が
薔薇が咲いている
見えない薔薇が

少女は目を閉じてノートに突っ伏している。月の光に照らされた青い薔薇、痛いくらいの静寂に包まれたモノクロの世界で、灰色に輝く薔薇を見ている。

少女は考えている。背後にある部屋の押入れのこと。夜具の中に押し込んだ、汚れた肌着のこと。二度目の月経を迎えたことが、怖くてたまらないこと。母親にも言いたくないこと。けれど、自分から流れ出す血からはもはや逃げられないこと。

私は知っている
みんなが薔薇を持っていることも
私にも
やがて闇《やみ》の底で開くのを待っていることも
私は知っている
いずれ夜の植物園から追い出されること
次の密室を作らなければならないこと
そこからの抜け穴を見つけなければならないこと
でなければその世界の住民になれないこと

城が燃えている。最後の砦《とりで》が崩れ落ちる。ひときわ明るい炎が上がり、鳳凰《ほうおう》のはばたきのようにその切れ端が舞い上がる。

凶鳥《まがとり》が飛び立つ
私を見捨てて
私は世界から追い出される
手には薔薇の棘《とげ》が作った傷だけが残る
あなたのように
憂鬱だけが残る
敗北と屈辱と
次の季節だけが残される

少女は眠る。ノートの上で、絶望しながら眠る。
城は落ちた。その人々は、今も彼女から遠く離れたところに棲《す》む。

淋《さび》しいお城

昔々から、あるところに、淋しいお城がありました。

淋しいお城は、淋しい丘の上に這《は》うように建っています。淋しい丘は淋しい曇り空の下にあって、見渡す限り灰色の枯れた草が広がっている以外、何もありません。丘のふもとをちょろちょろ冷たい川が流れ、遠くに真っ黒な森が見えるだけです。

淋しいお城には淋しい王様が住んでいるらしいのですが、その姿を見た人は誰もいません。お城はいつも廃墟《はいきょ》みたいに静まり返っているし、空をぎゃあぎゃあと騒ぎながらカラスが人を馬鹿《ばか》にするように飛んでいますけれど、全く人の気配はありません。

もしも誰かが淋しいお城に行ってみたいと思っても、淋しいお城に辿《たど》り着くことはできません。このお城は、とても広くて大きなお城なのに、誰にも見えないし、地図にも載っていないし、どこにあるのか誰にも分からないのです。

淋しいお城に行くにはどうすればよいのでしょう。

実は、一つだけ方法があります。淋しいお城には、「みどりおとこ」という、王様の家来が一人だけいて、「みどりおとこ」は淋しい子供をさらってくるのです。だから、淋しい子供になれば、「みどりおとこ」のほうから迎えにきてくれて、お城に連れていってくれます。

けれど、ここには一つ重要な問題があります。淋しい子供は、淋しいお城に行くことなんかこれっぽっちも望んでいないということです。

つまり、お城に行くには、お城に行きたくない、ということが大きな条件なのですね。

なんだか矛盾しています。けれど、これが本当なのですから仕方ありません。

なぜ「みどりおとこ」は淋しい子供をさらうのでしょうか。

それは、「淋しい」ということが、とてもいけないことだからです。

試しに、あなたが「淋しい」なんて言ってごらんなさい。お父さんは顔をしかめて聞こえなかったふりをするし、お母さんは「いったいどこでそんな言葉を覚えてきたの」と目を吊《つ》り上げて怒るでしょう。

実は、この世の中で「淋しい」ことくらいいけないことはないのです。中でも「淋しい子供」は最悪です。「悪い子供」や「生意気な子供」、「陰気な子供」や「むかつく子供」より、ずっとずっといけないことなのです。

ですから、「淋しい子供」は罰を受けなければなりません。「淋しい子供」は、ちっとも行きたくもない、淋しいお城に行かなければならないのです。

さて、ここにひとり、「淋しい子供」がいます。

エリちゃんです。

小学校五年生。

小柄で、色白な女の子です。肩までの髪と、茶色のジャンパースカートが似合っています。賢そうで品のある顔立ちですが、表情に乏しく、いつもつまらなそうな顔をしているところが残念ですね。

本人は気付いていませんでしたが、エリちゃんは「淋しい子供」でした。

「淋しい子供」は自分が淋しいということに気付いていないことが多いのです。

例えば、朝起きてからお父さんとお母さんの目を一度も見ていないとか（お父さんは、エリちゃんが起きるよりも前に黒い車が迎えに来て出かけてしまうので、ひと月も顔を見ないことがあります。お母さんは、いつも凄《すご》い勢いでエリちゃんに朝ご飯を食べさせますが、会社に出かけるぎりぎりまでパソコンに見入っているので、目を合わす機会がないのです)、しばらく笑っていないとか、誰とも言葉を交わしていないとか、近視が進んでいて黒板の字がよく見えなくなっているのに、そのことを誰にも言っていないとか——そういうことが淋しいのだということを知りません。

だから、「みどりおとこ」は易々《やすやす》と近づいてきます。

ほら、すぐそこまで。

それは、金曜日の午後でした。

教室の中では、先生の声が童話の中の魔法の呪文《じゅもん》みたいに流れていて、ちっとも頭に入ってきません。空気は眠たげで重く、子供たちのまぶたを押し下げています。

エリちゃんは教室の一番後ろの列で、いつものようにつまらなそうに座っていました。

彼女にとって、世界はいつも硝子《ガラス》越しのように感じられます。毎日の時間は、映画でも見ているようにするすると流れていって、引っ掛かるものもなく、なんだか自分が参加しているものには思えないのです。

エリちゃんは学期半ばで転校してきたので、クラスの女の子たちはもうそれぞれのグループで固まっていて、エリちゃんの入る隙《すき》はなさそうです。

そもそも、子供というのは「淋しい子供」に敏感です。みんなはエリちゃんを見た瞬間、彼女が「淋しい子供」であることを見破りました。下手に仲良くしたりすると、「淋しい子供」がうつってしまうかもしれません。ですから、みんな、なんとなくエリちゃんが最初からいなかったかのように避けてしまうのでした。エリちゃんのほうも、小さい頃からそんなふうに扱われることに慣れてしまっているので、こうしてぼうっと一日が過ぎるのを毎日教室の後ろから眺めているのです。

この授業が終われば放課後で、楽しい週末のはずですが、エリちゃんはこのあと塾に行き、更に同じマンションに住むお母さんのお友達がやっている英語塾にも行かなければなりません。他にも毎日いろいろお稽古事《けいこごと》があって、もうお母さんの決めたこのスケジュールには慣れましたが、いつも金曜日のこの時間には疲れ切っていてへとへとです。

今日は曇り空ではっきりしない、変な天気です。寒いのか暖かいのか、よく分かりません。じっとりと汗ばむようでもあり、ひやっとした風を感じるようでもあります。教室ごとホルマリン漬けにでもなっているような、どろんとした空気。教室のみんなも、先生も、ふやふやの標本みたいに動きません。

時間が止まったみたいだなあ。

エリちゃんがそんなことを思った時です。

突然、身体《からだ》が強張《こわば》りました。

異様な気配を感じたのです。

目が廊下のほうに惹《ひ》きつけられました。

誰かが廊下にいました。

窓の向こうに、影がのっそり立っています。背の高い、大きな影です。いつもより、廊下がひどく暗く感じます。

エリちゃんは思わず腰を浮かせてしまいました。あまりにも異質な、ぞっとするような存在がそこにいるのです。廊下から、壁を越えて、おぞましい風のようなものが吹き込んでくるように感じます。いったい何が学校の廊下にいるというのでしょうか。

突然、後ろの扉がガラリと開きました。

エリちゃんはぎょっとして、今度こそ立ち上がってしまいました。

慌《あわ》てて先生のほうを見ましたが、先生は知らん振り。相変わらず眠たげな声で授業を続けています。みんなも全然動きません。それどころか、あんなに大きな音で扉が開けられたのに、誰にも聞こえていないようなのです。

エリちゃんは驚きのあまり、動けませんでした。

扉の向こうに、見たこともない奇妙な格好をした男が立っていたからです。

そいつは、全身緑色でした。それも、人工的な、どこかまがまがしい気配を湛《たた》えた濃い緑色です。髪も緑色で、うねうねと腰まで伸びているし、大きな硝子玉みたいな目も緑色。顔はマネキン人形みたいに彫りの深い顔立ちですが、なんだか嘘臭《うそくさ》く、白粉《おしろい》をはたいたみたいに真っ白な肌です。服も、絵本に出てくる王子様みたいな格好ですが、やはりみんなべったりした緑色で借り物みたいに胡散《うさん》臭いのでした。

「さ、行くわよ」

そいつは、突然甲高い声で叫びました。

「えっ」

エリちゃんは、その声がその大男が発したものとは思えず、思わず口ごもってしまいました。だって、まるで若い女の人の声みたいだったんですから。

「あなた、誰ですか」

「みどりおとこ」

大男はぶっきらぼうに答えました。

「みどりおとこ？」

見た目そのままです。

「みどりおとこ」と名乗った男は、足をいらいらと動かしました。

「さっさとして。あたしだって忙しいんだから」

「みどりおとこ」はずんずん教室に入ってくると、エリちゃんの腕をつかみ、凄い力で引っ張りました。たちまちエリちゃんは教室から連れ出されてしまいます。

「行くって、どこに」

「お城に決まってるでしょう。あんたは『淋《さび》しい子供』なんだから」

さびしいこども。

エリちゃんは真っ白な頭の中で、その言葉を反芻《はんすう》しました。慌てて抗議します。

「お城ってなに。もうすぐ授業が終わるし、塾に行かなきゃ」

「駄目よ、あんたは『淋しい子供』なんだから」

「違うわ。そんなんじゃない」

「あら、よく言うわね。ご覧よ、あんたなんかいなくなったって、ほら、誰も気付きやしないじゃないの。『淋しい子供』のくせに、みんなと同じように生活しようなんて、ほんと、ずうずうしいんだから」

そうぴしゃりと言われて、エリちゃんは何も言い返せなくなりました。それどころか、これまで誰にも指摘されることのなかった、正しいことを言い当てられたような気がして、黙り込んでしまったのです。

暗い廊下をずんずん進んでいく「みどりおとこ」は、エリちゃんを連れて、階段を降りて、更に突き当たりにある図書室に入りました。

「どうして図書室に入るの」

「馬鹿《ばか》だね、ここにお城への入口があるからに決まってるでしょ」

「みどりおとこ」はいかにも軽蔑《けいべつ》した様子で鼻を鳴らしました。

図書室は授業のない時間で薄暗く、机や本棚がぼんやりと浮かび上がって見えました。

どうみても、いつもの図書室です。お城に行く入口があるとは思えないし、第一、学校は町なかにあって、周りはオフィスビルに囲まれているのです。近所にお城があるなんて聞いたこともありません。

エリちゃんは気味が悪くなりました。

いったいなんなんだろう、この人。なんでこんな格好してるんだろう。どうしてあたしなんだろう。あたしのこと、どこで知ったのかしら。

「はい、そこ通って」

「みどりおとこ」は不機嫌な声でそう指示しました。

そこって言われても。

エリちゃんは、怪訝《けげん》そうに図書室の隅を覗《のぞ》き込みました。

ハッとして、目の前にあるものを見つめます。

そこに、小さなドアがあるではありませんか。それも、本棚の真ん中、並んだ本の間の、下から二段目と三段目と四段目を遮るようにドアが壁に付いています。

図書室には何度も来ていますが、こんなドアがあったという記憶はありません。いつもここは本で埋まっていました。

「何突っ立ってるの、急いで」

甲高い声が降ってきたので、エリちゃんは慌ててドアノブをつかんでドアを開けました。ドアノブは冷たくて、がちゃりとスムーズに開きました。

その向こうには、隣に建っているオフィスビルが見えるはずです。しかし、湿った冷たい風がまともに吹き付けてきて、エリちゃんは思わず目をつむりました。

「ほら、早く通ってよ、あたしが通れないじゃないの」

後ろからがみがみ言われて、慌ててドアを通り抜けます。

エリちゃんだってかがまなければならないのですから、緑色の大男がこのドアをくぐるのは大変でしょう。けれど、エリちゃんの後ろから「みどりおとこ」はぐいぐい身体を押し込んで無理やりドアをくぐりぬけ、バタンとドアを閉めました。

身体を起こしたエリちゃんは、びっくりしました。

そこには、校庭も、校舎も、オフィスビルもありません。寒々しい、がらんとした丘が広がっていたのです。

慌てて振り返りますが、たった今くぐりぬけたはずのドアも見当たりません。エリちゃんと「みどりおとこ」は、いつのまにか丘の中腹の石畳の上に立っています。

「戻ろうったって無理よ、ここには『淋しいお城』しかないんだから。ぼーっとしてないで、さっさと登る」

そう言われて丘の上を見ると、石造りで灰色の、お城というよりは牢獄《ろうごく》みたいな、平べったい長い建物が丘の上のほうを覆《おお》うようにそびえています。

なんて陰気臭いんだろう。

エリちゃんは、その建物を見たとたんに気持ちが沈むのを感じました。

お城というからには、もうちょっと綺麗《きれい》なのを想像していたのに。

「みどりおとこ」に追い立てられながら、エリちゃんはのろのろと長い坂になっている石畳を歩き続けました。

本当に、お城に連れて来られてしまったんだ。もうおうちには帰れないんだ。

一歩進むごとに、少し前までいた世界が遠ざかっていくのを実感します。

「お城で何をするの」

エリちゃんはおずおずと尋ねました。

「さあね。淋しく暮らせばいいんじゃないの。あたしはあんたたちをここに連れてくるのが仕事なんだから、あとは知ったこっちゃないわ」

「みどりおとこ」は取り付くしまもなく冷たく言い放ちますが、エリちゃんは、ふと思いついて顔を上げました。

「他にも子供がいるの」

「ああ、いたわね」

「みどりおとこ」は気のない返事をしました。

他にも子供がいる。そう考えることは、エリちゃんを少し明るい気分にさせました。けれど、男の次の台詞《せりふ》がたちまちその気分を打ち消しました。

「だけど、今までいたのは、みんないつのまにかいなくなっちまったわ。あたしが子供を集めてきても、数週間でいなくなっちゃうのよ。早い子は一日か二日で」

「みんなどこへ行くの」

「さあ。不思議なんだけど、別にあたしはどうでもいいわ。関係ないし」

「みどりおとこ」が肩をすくめるのが分かりました。

いなくなっちゃう、とはどういうことでしょう。おうちに帰れるのでしょうか。それとも、何か恐ろしいことでも起きるのでしょうか。

エリちゃんは不安で胸が重くなりました。

お城に近づくと、周囲にお堀が造ってあることに気付きました。見渡したところ橋はひとつで、大きな門がある他に出入口は見当たりません。見た目よりも堅牢で、いったんお城の中に入ったら外に出るのは難しそうです。

お城は古く、随分昔からそこに存在していたように見えました。

上空には黒い雲が垂れ込め、カラスが舞っています。

「みどりおとこ」は大きな鍵《かぎ》を取り出して門の錠前を開け、エリちゃんを中に押し込みました。

門には外側にも内側にもしっかり錠前が付いていて、「みどりおとこ」は内側の錠前に鍵を掛けると、エリちゃんを歩かせました。

お城に入ると、中は殺風景な造りで、ほとんど調度品もありません。

がらんとした広間には、古ぼけたソファがひとつ置いてあるだけ。

「この建物の中だったら、自由に歩き回ってもいいわよ。食堂はそこ。おなかが空《す》いたら、戸棚にあるものを出して食べなさい。トイレはそこ。シャワーはこっち」

「みどりおとこ」は顎《あご》で示すと、嵌《は》め殺しの窓のある薄暗い食堂や、小部屋の並んだトイレやシャワールームをそっけなく案内しました。

お城の中には、色彩というものがありませんでした。花もなく、布もなく、長い回廊のある中庭も、涸《か》れた噴水が寒々と残されているだけです。こんなところでどうやって時間を潰《つぶ》したらいいのでしょう。

「ここがあんたの部屋」

「みどりおとこ」が、回廊の突き当たりの部屋の扉を開けました。

ベッドと椅子《いす》があるだけの、がらんとした小さな部屋です。窓は開けられるようですが、その向こうにがっしりと鉄格子《てつごうし》が嵌まっていました。

「じゃね」

「待ってください」

立ち去ろうとした「みどりおとこ」を、エリちゃんは急いで引き止めました。

「いつ帰れるの」

「だから、ここから先はあたしの仕事じゃないと言ったでしょ。物覚えの悪い子ね。あたしはまだノルマがあるのよ」

「みどりおとこ」がいかにも不快そうにエリちゃんを見下ろしたので、エリちゃんは何も言えなくなりました。

「そうそう、お城の中に、一箇所だけ黒い扉の部屋があるから、そこには絶対入っては駄目よ。そこに入ったら、大変なことになるからね」

「みどりおとこ」は思い出したように言い添えると、恐ろしい目でエリちゃんを睨《にら》みました。

それでも、エリちゃんは必死に話し掛けます。

「他には、誰かいないんですか」

「みどりおとこ」はかすかに首をかしげました。

「王様がどこかにいるはずなんだけどね。あたしも会ったことはないわ」

「王様って」

「淋しい子供を集めてる淋しい王様よ」

「みどりおとこ」はそう言い捨ててばたんとドアを閉めました。

一人になると、更にじわじわと不安が込み上げてきました。

ランドセルも置いてきてしまったし、家に電話もできません。ここにいることを、どうやってお母さんに伝えればいいのでしょう。帰ってこないエリちゃんのことを、お母さんたちはどう思うでしょう。

エリちゃんはとても帰りたくなりました。友達もなく、現実感もなかった小学校でさえ、今では懐《なつ》かしくてたまりません。あんなにあっさり「みどりおとこ」についてきてしまうんじゃなかった。大声で叫んで暴れて、あの時あいつから逃げ出してしまえばよかったのに。

エリちゃんは、そっと部屋を出ました。部屋には鍵は掛かっていません。好きにしろと言ったのは本当のようです。

「みどりおとこ」は、また子供をつかまえに出かけてしまったようでした。お城の中はがらんとしていて、見事なくらい何もありません。

食堂に行ってみて、戸棚を開けると、パンと水と缶詰とクッキーが入っていました。イワシの缶詰、コンビーフの缶詰、みかんの缶詰、パイナップルの缶詰。飢え死にはしないで済みそうですが、飽きてしまいそうです。

エリちゃんはロールパンを取り出して、一つだけ食べました。それだけでお腹いっぱいになってしまい、またお城の中の探検を続けます。

お城は迷路のように広くて、自分の部屋に戻れないのではないかと思うくらいでした。けれど、部屋と敷地はたくさんあっても、本もゲームも、TVすらありません。いったいいつまでここにいればいいのでしょう。いったいここで何をして過ごせばいいのでしょう。

あまりにも不安になったので、涙が込み上げてきて、喉《のど》の奥が痛くなりました。すすり泣きながら食堂を探して、水のペットボトルを取り出して、ごくごく飲みました。ひとしきり泣いてしまうと眠くなり、エリちゃんは部屋に戻るとベッドに潜り込んでぐっすり眠り込んでしまいました。ここ数週間、ずっと眠っていなかったのではないかと思えるほど深い眠りです。

突然、何かの物音で目が覚めました。

エリちゃんはハッとして飛び起きました。

一瞬、自分がどこにいるのか分かりませんでした。石造りのがっしりとした壁。どうやら、朝のようです。少しして、自分がお城に連れて来られたことを思い出し、昨日ロールパンを食べながら感じた絶望が蘇《よみがえ》ってきました。

ベッドの上で溜息《ためいき》をついたエリちゃんは、どこかから泣き声が聞こえてくるのに気付きました。なるほど、この声を聞いて目が覚めたに違いありません。その声は、男の子のものらしく、火の点《つ》いたような、激しい泣き声でした。

誰か他に、連れて来られたのだ。

もう一人子供がいる、ということがエリちゃんを奮い立たせました。素早く立ち上がり、声のするほうに向かって廊下を歩き始めます。

ばたんとドアの開く音がして、エリちゃんは反射的に隠れました。

薄暗い廊下を、一人の瘠《や》せた男の子がしゃくりあげながら歩いていきます。

貧相な、卑屈そうな顔をした男の子です。正直言って、好きになれそうな感じはしません。むしろ、エリちゃんは「あんまり話し掛けたくないな」と思いました。そして、「あたしもあんなふうに見えるのかな」と思いついて不安になりました。自分を人が見たらどう思うかということが急に心配になったのです。

エリちゃんはもやもやした気分のまま、よろよろ廊下を進んでいく男の子に少し離れてついていきました。

男の子は、きょろきょろしながらお城の中を進んでいきます。昨日エリちゃんが探検したのとは別の通路に入り込みました。どうやらその通路は少しずつ下り坂になり、地下に向かっているようでした。

地下道は緩やかな螺旋《らせん》を描いて地下へ地下へと潜っていきます。

男の子の背中がぼんやりと浮かび上がるところを見ると、見た目では分かりませんが、どこかから光が届いているようです。

やがて、その奥に、大きな黒い扉が見えてきました。

エリちゃんはどきんとしました。

あれはひょっとして、昨日「みどりおとこ」が話していた部屋ではないでしょうか。

そこに入ったら、大変なことになるからね。

「みどりおとこ」の声が蘇ります。

男の子は一瞬足を止めたものの、おずおずと黒い扉に近づいていき、扉に耳を押し当てました。エリちゃんは胸がどきどきしてきました。どうするつもりなのでしょう。

あの子は、大男に注意されなかったのでしょうか。何か聞こえるのでしょうか。

男の子は決心したように、扉をそっと開けました。鍵は掛かっていません。

中は真っ暗のようです。

男の子は躊躇《ちゅうちょ》してから、中にひょいと入り込みました。

ドアが閉まります。

「あっ」

エリちゃんは思わず声を上げましたが、男の子はもうドアの向こうに見えなくなってしまいました。

ドアの向こうには何があるのでしょう。

エリちゃんは、じりじりとその黒い扉に近づいていきました。

突然、悲鳴が聞こえました。

エリちゃんはぎょっとして立ち止まりました。

さっきの男の子の声です。

それも、尋常な悲鳴ではありません。凄《すさ》まじい、断末魔の叫び声です。しかも、悲鳴に混じって、何かが砕けるような鈍い音が響いてきます。まるで、獰猛《どうもう》な獣が骨を噛《か》み砕き、咀嚼《そしゃく》しているような音です。悲鳴は切れ切れになり、嫌な音と溶け合いました。

やがて、扉の向こうは静かになりました。

何もなかったかのように、沈黙が廊下を支配しています。

エリちゃんは、なかなかその場を動くことができませんでした。ここにいることがバレたら、中から何か恐ろしいものが飛び出してきて、バリバリと食べられてしまうような気がしたのです。だって、あの扉には鍵が掛かっていなかったのですから。

エリちゃんは、永遠とも思える時間、じっとしていましたが、やっとそろりと歩き出しました。息を止め、その場を少しずつ離れていったのです。

扉が見えなくなると、エリちゃんは一目散に駆け出しました。

きっと、これまでいなくなった子供たちは、みんなあの部屋に入っていったんだ。

エリちゃんはそう気付きました。

あの部屋に入ると、二度と出てこられなくなるんだ。だからなんだ。

エリちゃんは走って走って自分の部屋に飛び込みました。ドアを閉めて、呼吸を整えます。今にも扉の向こうに何かがやってきそうに思えるのですが、部屋の内側には鍵がありません。せめてもの慰めに、椅子を扉の前に置いて、そこに腰掛け、扉を押さえることにしました。

大丈夫。あの黒い扉を開けさえしなければ大丈夫。「みどりおとこ」はそう言ったではありませんか。

エリちゃんはそう必死に自分に言い聞かせました。

あの扉のことを考えなければ大丈夫。あの悲鳴のことを忘れてしまえば大丈夫。

これまでだって、ずっとそうしてきました。見えない黒板も、ヒソヒソこっちを見て耳打ちしているクラスの子も、お母さんの全《すべ》てを拒絶するような背中も、お父さんを迎えに来る車のクラクションも、みんな気付かないことにしてきたのですから。

エリちゃんは、少しずつお城での生活に慣れていきました。

朝はパンと果物の缶詰、午前と午後はゆっくりとお城を散歩し、夜はイワシとコンビーフを交互に食べ、グリーンピースとアスパラガスの缶詰をつけ合わせにするのです。

何も考えなければ、ここでの生活もお母さんの決めたスケジュールと同じく、時間はするすると過ぎていきました。退屈だということすらも、忘れてしまえば何ともありません。

よく考えてみると、これまでの生活とそんなに変わりはありません。これまでは周囲に人がたくさんいましたが、今はいなくなっただけです。

一日置きか二日置きくらいに、「みどりおとこ」は新しい子供を連れてきました。どれも可愛《かわい》くない、口をききたくないと思うような子供ばかりです。エリちゃんは、話し掛けるのはやめて、じっとその様子を観察することにしました。

すると、どの子も、半日もしないうちにあの地下道に入り込み、決まって黒い扉の向こうに吸い込まれてしまうのでした。

そして、いつも恐ろしい悲鳴と、何かが嚙み砕かれるような音がして、二度とそこから出てくることはなかったのです。

エリちゃんは、そのことにも次第に慣れていきました。それどころか、新しく来た子が、あの黒い扉の向こうに吸い込まれるのを心待ちにするようになっていったのです。悲鳴が長く続かないと、物足りないような気持ちにさえなりました。

そんなある日、また一人の男の子が連れてこられました。

「みどりおとこ」が大声で部屋に放り込むのが分かります。

エリちゃんはすっかり慣れっこになった見張りを続けていましたが、やがてドアを開けて廊下に出てきた男の子を見てハッとしました。

その子は、これまで連れてこられた子供たちとは違っていました。

表情は暗かったものの、とても美しく、気品があり、強く惹《ひ》きつけられるものを感じたのです。

エリちゃんは、ふと引け目を感じ、隠れている自分が恥ずかしくなりました。

男の子は、きょろきょろしながら廊下を歩き出し、城の探検を始めます。

エリちゃんは迷いました。早晩、あの子も地下の黒い扉を見つけてしまうでしょう。

そして、扉の向こうに入り込み、二度と戻ってはこないのです。

案の定、男の子は地下への通路を見つけました。足を速め、進んでいきます。

エリちゃんは、ハラハラしながら少し離れて後をつけます。

奥に、黒い扉が浮かび上がってきました。

男の子は、扉に引き寄せられていきます。そろそろと近づき、扉に手を伸ばします。

「駄目よ！　その扉を開けては駄目！」

エリちゃんは、自分がそう叫んでいることにびっくりしました。

そして、エリちゃんよりも驚いた顔の男の子がこちらを振り向いていることに、もっとどぎまぎします。

「君はだれ」

男の子は、かすれた声でそう尋ねました。

「少し前にここに連れてこられたの」

エリちゃんもかすれた声で答えました。自分の声を聞くのは久しぶりです。しどろもどろになりながらも、前に連れてこられた子供たちがその扉の向こうに行って、二度と戻ってこなかったという話をしました。

男の子は、その美しい眉《まゆ》をかすかにひそめました。

「戻ってこなかった子は何人いるの。どうしてその子たちにもそのことを教えてあげなかったの」

エリちゃんはぐっと返事に詰まり、みるみるうちに真っ赤になりました。これまで他の子供たちを見殺しにしてきたことを咎《とが》められたことに気付いたのです。

男の子の顔に浮かんだ軽蔑《けいべつ》が、エリちゃんの心に突き刺さります。そして彼は、エリちゃんの忠告を無視すると、扉に手を掛け、大きく開いたのです。

「駄目よ！」

慌《あわ》てて叫んだ時には、もう二人とも中に入っていました。

薄暗い部屋の中に、誰かがいました。

「誰かそこにいるの」

男の子がしっかりした声で叫びます。

目が慣れてくると、大きな椅子《いす》があって、誰かが腰掛けているのが分かりました。長いガウンのようなものをまとった、人影です。

「ひょっとして、王様ですか」

エリちゃんも思わず声を掛けていました。淋《さび》しい王様。お城のどこかにいるという王様。これまでもずっとこの部屋にいたのでしょうか。

少しずつ、部屋が明るくなってきました。

ガウンを羽織って椅子に掛けているのは、綺麗《きれい》なのに疲れた顔をした中年の女の人です。どこかで見たことがあるような気がします。

男の子は、悲鳴を上げました。

「ママ！　なんでここに」

エリちゃんは驚いて男の子の顔を見ました。そうです、この女の人は、この男の子に似ているのです。

ガウンを羽織った女の人はゆらりと顔を上げ、男の子を見ました。

そして、次の瞬間、恐ろしい形相になり、カッと目を見開くと、耳まで裂けた口をいっぱいに開けたのです。そこには、鋭く恐ろしい牙《きば》がずらりと並んでいました。

男の子も、エリちゃんも大声で悲鳴を上げていました。

女の人は、ガウンをかなぐり捨てると、獣のように男の子に飛びかかりました。あっというまに男の子の頭にかぶりつき、バリバリと音を立てて男の子の身体《からだ》を食いちぎっていきます。くぐもった悲鳴が上がり、二人は絡《から》み合い、床に倒れて転がりました。

エリちゃんは、とても見ていることができません。震えながら、床にうずくまって、耳を押さえているのが精一杯です。

女の人は、今や大きなけだもののように、男の子を貪《むさぼ》り食べています。見る間に男の子は女の人の胃袋に納まっていきました。骨の砕ける音、血をすする音。

徐々に音は小さくなっていきます。

ぴちゃぴちゃという音の後、辺りは静かになりました。

エリちゃんは震えが止まりません。

食べられてしまった！　あの子は食べられてしまった！　しかも、お母さんに！

獣のようだった女の人の背中が、ゆらりと揺れ、長い髪が揺れました。

エリちゃんは恐る恐る目を開けましたが、自分が見ているものが何なのか、一瞬分かりませんでした。しかし、そこでゆらりと立ち上がったのは、どう見てもさっきの中年女性ではなく、あの緑色の大男です。

むっくりと起き上がったのは、間違いなくあの「みどりおとこ」ではありませんか。部屋を見回してみても、他には誰もいません。

「あら。あんた、まだいたのね」

エリちゃんは、ぶるぶる震えながら、立ち上がった「みどりおとこ」を見上げました。

「どうして。さっきは、女の人だった。さっき来た男の子の、お母さんだったのに」

「ああ、そうね。あたし、淋しい王様だったのよね」

「みどりおとこ」は疲れたように首を回してとんとんと肩を叩《たた》きました。

「あのね、実はね、淋しい子供は、ここでいったん死ぬのよ」

「えっ」

エリちゃんは、「みどりおとこ」を見つめました。

「みどりおとこ」は大儀そうに説明を始めます。

「淋しい子供は淋しいお城で死ななければ復活できない。淋しい子供を作った淋しい王様と向き合わなければ、ね。だから、淋しい王様はここで淋しい子供を待つの。そして、淋しい子供をいったん食べてしまうのよ。そうすれば、子供は元いた世界に帰れるってわけ」

「そんな。じゃあ」

「結構たいへんなのよ、この仕事。淋しい子供を連れてきたら、あたしはここでずっと淋しい王様になるのを待ってなきゃなんないの。それも、子供が会いたいと思ってる相手のほうでも、同じくらい子供に会いたいと思っててくれないと、ちゃんと淋しい王様になれないのよ。双方の感情が一致しないと、子供もここに入ってこないし、淋しい王様にもなれないってわけ」

エリちゃんは誰かに頭を殴られたような心地になりました。

みんながすぐに黒い扉の奥に吸い込まれていったのは、みんな、家族が会いたいと思ってくれていたからだったのです。

それじゃあ、エリちゃんの場合はどうなるのでしょうか。何日も、何週間も、黒い扉の向こうに入ろうとしなかったエリちゃんの両親は。

「じゃあ、じゃあ、あたしのお母さんは」

「みどりおとこ」は、気の毒そうにエリちゃんを見ていましたが、やがて小さく溜息《ためいき》をつくと、口を開きました。

「ずっとここで待ってたんだけどね。あんたのパパもママも、来なかった。あたしの身体を訪れて、淋しい王様になってはくれなかったわ」

エリちゃんには、「みどりおとこ」の言葉の意味が頭に入ってきませんでした。

淋しい王様。

「あんたはもう、元の世界に戻れないわ。あんたがいなくなった晩、あんたの両親はあんたに対する責任のなすりあいで大喧嘩《おおげんか》をしたの。ママはパパを刺し、パパは意識不明の重体で、今も病院にいる。あんたのママはすっかり自分の世界に引きこもってしまって、警察にいるの。二人とも、周囲の呼びかけに全然反応しないそうよ」

エリちゃんは、力なく床を見つめました。

「あたしはずっとここにいるの？」

「みどりおとこ」はゆるゆると首を左右に振ります。

「それは許されないの。このお城には、淋しい子供のまま住み続けることはできないのよ」

　エリちゃんはぼんやりと「みどりおとこ」を見上げます。

「安心なさい、あたしもそうだったんだから」

「みどりおとこ」は頷《うなず》いてみせました。

「えっ」

「あたしも、元の世界に戻る前に両親が事故で死んでしまったの。あたしの両親は淋しい王様になりそこねて、あたしもここに取り残されたのよ」

「みどりおとこ」はエリちゃんの隣に膝《ひざ》をつきました。

「あんたがあたしを食べなさい。そして、あんたがあたしになるの。次の『みどりおとこ』にね。そして、淋しい子供を捜してらっしゃい。淋しい王様になって、子供を食べて、元の世界に戻してあげなさい。そうすれば、いつか、今のあたしのように、今のあんたのような子供に仕事を引き継ぐことができる。そうすれば、元の世界に帰れるわ」

「みどりおとこ」は、緑色の頭をエリちゃんに差し出しました。

アスパラガスのような、緑色です。

食べる。この男を。まさか、そんなことできるはずはないわ。

けれど、エリちゃんは口を大きく開けていました。この部屋で口を開けると、耳まで裂けて、口の中が鋭い牙でいっぱいになっていることが分かりました。

それからは、あっというまです。気が付くと、夢中になって、「みどりおとこ」をバリバリ音を立てて喰いちぎっていました。骨も何もかも、あの大きな身体がみるみるうちに胃袋に納まっていきます。

最後のひとかけらまで飲み込んだエリちゃんは、満足感でいっぱいでした。えもいわれぬ爽快感《そうかいかん》が全身を包んでいます。

溜息をついて身体を起こしたとたん、自分の髪が鮮やかな緑色になっていることに気付きました。

見ると、ぴったりと身体に馴染《なじ》んだ緑色の服を着ていますし、自分が筋骨隆々とした大男になっていることに気付きます。

「さあて」

「みどりおとこ」となったエリちゃんは、大きく伸びをして欠伸《あくび》をします。

「まだ早いわね。ノルマ、ノルマ。淋しい子供、捜してこなくっちゃ」

そう呟《つぶや》いて、立ち上がると、黒い扉を押し開けて廊下に出ます。

お城の中はがらんとしていて、また誰もいなくなっていました。

「すぐいなくなっちゃうんだから」

舌打ちをして、「みどりおとこ」は錠前を一つ一つ開けて、お城を出て行きます。

世界中から、淋しい子供を捜してこなければなりません。

灰色の丘に、湿った風が吹いています。

「おや」

「みどりおとこ」は鼻を鳴らしました。

匂《にお》います。「淋しい子供」の匂いです。

本人がそうとは気付いていない「淋しい子供」がどこにいるか、「みどりおとこ」にはたちどころに分かるのです。

「みどりおとこ」は足を速め、舌なめずりをして子供たちに近づいていくのです。

そんなわけで、エリちゃんは、「みどりおとこ」になって、今日も淋しいお城に連れていく子供を捜しています。

あなたも油断してはいけません。

「みどりおとこ」は、易々《やすやす》とその対象を見つけ出せるのですよ。

ほら、今もすぐそこに。

楽園を追われて

「で、どうすんの」

亜希子《あきこ》が煙草《たばこ》を左手に持ったまま腕組みをして低い声で尋ねた。

「どうするかね」

稔久《としひさ》がそのままその問いを隣の敦《あつし》に投げる。

「どうしようかねえ。まずは、この原稿、誰が持ってる?」

敦はぐるりと周囲の顔を見回した。

「あたし、嫌よ」

亜希子は即答した。

「でもさ、こん中でマスコミに行ったのおまえだけなんだから、おまえが保管するのがいいんじゃない?」

伸一郎《しんいちろう》がチラッと亜希子を見る。

「だからこそ、駄目。うちには書類だのゲラだのの山がいっぱいあって、原稿の束なんか何の有り難味もないわ。何かと一緒に捨てちゃいそうだし、あたし、がさつだから絶対に失《な》くす。しかも、幸弘《ゆきひろ》の手書きの原稿なんか、怖くて絶対に嫌」

亜希子はぐりぐりと力を込めてガラスの灰皿で煙草を潰《つぶ》した。

「ひでえ言われよう」

伸一郎があきれた。

亜希子はジロリと伸一郎を見る。

「かわいそうだと思うんなら伸一郎が引き取りなさいよ。あんただってマスコミにいるじゃないの」

「俺は総務部だ。それに、俺だって嫌だ」

伸一郎はあっさりそう言うと小さく肩をすくめた。

「しかし、どういうつもりだったんだろうな、あいつ」

敦はネクタイをゆるめ、探るように周囲を見た。

「嫌がらせか？　それとも友情か？」

「両方じゃないの」

「今どき手書きってのがそもそもよく分からないな」

「でも、逆に幸弘らしいよ。今どき手書きにするところが」

仲一郎が腕組みをして敦を見た。

「代表して受け取ったのは敦じゃん」

「俺は中学も一緒だったからな。なんとなく」

「やっぱり敦じゃないか？　ご両親もおまえに預けた、と思ってるはずだし」

「俺は、マズイよ」

敦はもぞもぞする。

「何がマズイのよ？」

「こんなの、うちの嫁さんに読まれたら嫌だ。なんかヘンなこと書いてあったら困るし」

「読むかね、こんな辛気臭い手書きの原稿」

「昔の友人の遺品だと分かればね」

ターミナル駅の裏手にある、ビルの一階の、いい感じに歳月を経た居酒屋である。

奥の隅の使い込まれた木のテーブルを囲んで、三人の男と一人の女が生ビールをジョッキで飲んでいる。つまみの皿は、シシャモと焼き鳥、キムチと冷奴《ひややっこ》。まだ飲み始めてそんなに時間が経過してはいないらしい。

彼らは皆黒い服や黒いネクタイ。どこから見ても立派な葬式帰りだし、実際告別式の帰りなのだった。

さっきから話題の中心になっているのは、テーブルの真ん中に置いてある、茶封筒の上に置かれた、二つ折りの原稿用紙の束である。

誰もがチラチラと、その束に目を走らせる。

つまりはこれが、吉田亜希子、田添稔久、小林伸一郎、共坂敦ら四人の、高校の同窓生であった柿沢幸弘の遺品だった。もっと正確に言うと、柿沢幸弘が彼ら宛《あ》てに残した、小説の自筆原稿である。

ふたつの灰皿を、亜希子と伸一郎が競うように吸殻で埋めている。

「懐《なつ》かしいなあ、幸弘の字。こういう字だったよな」

「最近、メールばっかりで書き文字見ないから、たまに手書きの原稿用紙なんか見ると新鮮だよな」

稔久と敦が気のない声で呟《つぶや》く。

「これ、何枚あるんだ？」

伸一郎がぼそりと誰にともなく尋ねた。

「百五十枚くらいかな」

亜希子が原稿を一瞥《いちべつ》して答え、ふと思いついたように皆を見回した。

「読んでみる？」

男たち三人は、一様にぎょっとしたような顔になった。この場で読むという選択肢はそれまで考えていなかったらしい。

「ここで？　今？」

敦が嚙《か》み付きそうな声で尋ねたので、亜希子は頷《うなず》いた。

「そうよ。家に持ち帰って読むなんて嫌だもん」

「回し読みか？」

「懐かしいな。いつ以来だ」

「時間掛かるぞ。俺、最近老眼が一気に来て、全然ダメ。おまけに酒が入ってる時に文字読もうとすると、かすむ」

不安と好奇心がまだらに浮かんでいる互いの顔色を探っていたが、結局はその提案を受け入れてみようか、という暗黙の了解らしきものが彼らの顔に浮かんだ。

「一部コピーするってのはどうだ？　そうすればいっぺんに二人ずつ読める」

稔久が提案すると、伸一郎が渋い顔になった。

「コンビニで百五十枚コピーするのはつらいな」

若者が雑誌を立ち読みする隣で、じっとコピーが出てくるのを待っている姿を思い浮かべたようだ。

「さっき、通りの先にキンコーズ見たよ。あそこならできるかも。俺、行ってくる」

稔久はさっさと原稿を封筒に詰めると立ち上がった。

「いいのか？　悪いな」

伸一郎と敦が後ろめたそうに稔久を見上げると、稔久は「気にするな」という手振りをした。

「コピー代みんなで割ろうね」

亜希子が口に手を当ててそう声を掛ける。稔久は小さく笑った。

「領収証、おまえにやるよ。おまえなら経費になるんじゃないの」

「ありがと」

稔久が出ていくと、原稿の置いてあったスペースがやけにぽっかりと空いて、余計にそこにあったものの存在が気に掛かる。

それは、そのまま彼らの歳月の空白でもある。

かつては同じ季節を過ごしたものの、一足跳びに中年になってしまい、その空白の思いがけない大きさに戸惑っているというわけなのだ。

土曜日の夕方だ。恐らくは、普段とは違う客層が店を埋めている。サラリーマンよりも、年齢の高いカップルや、友人どうしという組み合わせが多い。

テーブルから目を逸《そ》らし、三人は暫《しば》くの間、無言でビールを口に運んだ。

やがて、敦が口を開いた。

「あいつ、独身だったんだよな？　ずっと？」

「うん。結婚したって話は聞いてない」

「一人っ子？」

「うん」

いたたまれない雰囲気が漂う。

告別式で会った、老年の両親の姿が目に浮かんだからだった。勤め先の同僚がつつがなく弔問客をさばいている片隅で、ぽつんと二人寄り添い、戸惑っているようだった。

全く、親より先に逝《い》くことくらい親不孝なことはない。

「似てたよなあ、ご両親。初めて会ったけど」

伸一郎は、壁のお品書きの「イカの塩辛」と「揚げ出し豆腐」の間目掛けて煙を吐き出した。

「うん。幸弘にも似てたけど、似た者夫婦だった。二人とも同じ種類の顔。似ていたから惹《ひ》かれあったのか、惹かれあったから似てきたのか。どっちが先なのかな。一緒にいるとだんだん似てくるっていうけど」

「寒かったな、あの会場」

「やたらとだだっぴろくてね。ご遺族が風邪引くよね」

「二次災害だ」

亜希子と伸一郎は同時に煙草を灰皿に押し付けた。二人とも高校時代からヘビースモーカーだったが、未《いま》だに禁煙には成功していないようだ。

「相変わらずすごいペースだな」

「あんたに言われたくないわ。昨日は禁煙してたのよ。今日は葬式帰りだから吸うの」

敦は箸袋《はしぶくろ》を手で弄《もてあそ》んでいる。

「あの原稿、いつ書いたんだろう。仕事、忙しかったはずなのに」

「メーカーの中間管理職だもんね」

「ちょっとずつ書いてたのかな。しかも手書き。なんでパソコンにファイルしなかったんだろう。そのほうが添削しやすかったのに」

敦と亜希子は顔を見合わせ、首をひねった。

「でもさ、交通事故だったんだろ?」

仲一郎が口を開く。

「そもそもなんでこんなものがあるわけ? しかも俺たち宛てで?」

気まずい沈黙が降りる。

その沈黙は、もっぱら、亜希子と敦が仲一郎の持ち出した話題を責める不穏なオーラであったが。

亜希子が渋々頷く。

「それは気になってた。あたしたち宛てに原稿があるって聞いた時からね」

「まさか、自殺ってことはないよな?」

敦が用心深い口調で言う。

「それはないよ」

亜希子は首を振り、新しい煙草に火を点《つ》けた。

「だって、出張先の事故だよ。車に上司と相乗りしてて、運転してたのは彼じゃないもん。上司も重傷を負ったはず。新聞記事は読んでたけど、最初気付かなくて。どっかで聞いた名前、と思って、あれ、幸弘と同姓同名だって思ったの。別人だろうとたかをくってたんだけど、ふと気になってもう一度記事を見たら、年齢が同じだったから、もしかしてって。それはともかく、自殺じゃない」

新聞記事の小さなスペースに凝縮された人間の人生はなんとそっけないことだろう。そのくせ、焼きごてのように事実の痛みを人々に刻印する。

「だよな。亡《な》くなったのはあいつだけだろ？　運悪いよな」

敦はホッとしたような声になった。しかし、「運が悪かった」のひとことで片付けてしまうのに些《いささ》か気が咎《とが》めたのか、ハッとしてすぐに表情を引き締めたけれど。

「とにかく、準備はしてあったわけだ——それが今日になるか二十年後になるかは分からないけど、あの原稿が俺たちの手に渡るように」

伸一郎が冷ややかな口調で呟く。

「もしかすると、ずっと前に書いてあったのかもね。原稿用紙、封筒に入ってたから綺麗《きれい》だったけど、結構古い感じだった」

亜希子はほんの少し前までテーブルの真ん中に置かれていた原稿用紙を思い浮かべていた。どこでも手に入る、学校の授業で作文を書くのに使っていた大量生産の原稿用紙。今ではもう、彼女の勤める大手出版社ですら、すっかりお目にかからなくなった。

「下手糞《へたくそ》だったよなあ。あいつの小説」

伸一郎がそう言うと、亜希子と敦はぎょっとしたような顔になった。

思えば、昔からこの男の辞書に遠慮という文字はなかった。

「まあ、巧《うま》くはなかったよね。生真面目《きまじめ》だったし」

亜希子は遠慮がちに同意した。

「あいつだけ純文学志向だったしな。掛け持ちしてないのもあいつだけだった」

敦も遠まわしに賛意を示した。

彼らの高校の新聞部と文芸部は部室が隣合わせだった上に、掛け持ちをしている生徒が多かった。ここに集まった四人もそうで、一緒に同人誌を作ったりもしていたが、彼らは主にＳＦやミステリーを書いていたのである。

柿沢幸弘だけが、文芸部オンリーの部員で、コツコツと比較的純文学的なものを書き続けていた。

「出張中で移動中。当然、全額労災下りるだろうなあ」

相変わらず遠慮というもののない伸一郎が呟く。

「労災下りるより息子が帰ってくるほうが嬉《うれ》しいと思うよ、ご両親は」

亜希子は嫌味を込めて言う。伸一郎は冷ややかに亜希子を見た。

「当たり前だろ。だけどヤツは帰ってこない。だったら、せめて見舞金くらいはがっちり払ってもらいたいだろう」

「驚いた。意外とまともなこと言うのね、あんた」

「俺は昔からこの中でいちばんの常識人だ」

亜希子と敦があぜんとして伸一郎の顔を見ていると、紙袋を提げた稔久が戻ってきた。紙袋は嵩張《かさば》っていて、かなり重そうだ。

「お帰り」

「お疲れ」

「幾らだった？」

「あとでここの飲み代と一緒に精算しよう。最新型の強力なコピー機ですっごく速かったから、三部コピーしてきた。これで、全員いっぺんに読めるだろ？」

「おお」

稔久がクリップで留めたコピーの束をみんなに配り、生原稿を手に取った。

こころなしか、それぞれの表情が真剣になる。

「あら、雨？」

亜希子が稔久の濡《ぬ》れた肩に気付く。

「うん、ちょっとパラついてた」

「涙雨かな」

誰からともなく追加のビールと、イカ団子と、トマトサラダが注文された。

葬式帰りの大の大人が四人、居酒屋のテーブルを囲み、黙り込んでおのおの原稿の束に没頭しているのはかなり異様な光景である。

なにしろ土曜の夜であるし、周囲は陽気で寛《くつろ》いだざわめきに満たされているのに、このテーブルだけがどんよりと重い空気に包まれている。

人間、何かを読む時にはいろいろと癖が出るもので、亜希子は中毒のようにすぱすぱと煙草《たばこ》をせわしなく吸っているし、伸一郎は煙草をくわえてじっとしたまま動かない。稔久は背筋を伸ばして教科書のように両手に原稿を持っているし、敦に至っては、テーブルの上にのしかかるようにして、文章を目で追いながらしきりに頭を掻《か》いていた。どうやら、自分が頭を掻いていることには気付いていないようである。

ビールのジョッキは焼酎《しょうちゅう》のロック割に替わっている。

いつしか微妙な緊張感が漂い始めていた。

読み進むにつれ、ちらちらと互いの表情を盗み見る様子が散見される。

小さく咳払《せきばら》いをしたり、もぞもぞしたり。何かを言いたいのだけれど、言い出すきっかけを見出《みいだ》せず、今きっかけを見つけることがいいのかどうかもよく分からない。そんな遠慮と不満がテーブルの上の空間に澱《よど》んでいるように感じられる。

やがて、やはり口火を切ったのは伸一郎だった。まだ全部読み終えていないようだが、我慢しきれなくなったものらしい。

突然、バサリとコピーの束を置く。

「下手だ」

その口調は憮然《ぶぜん》としている。

「以前にも増して、下手だ」

「念を押さなくたっていいわよ。読めば分かるでしょ」

亜希子がうんざりしたようにグラスに氷を足した。稔久もグラスを差し出す。

「でも、一応——これって俺たちがモデルだよな？」

敦が上目遣いに皆を見る。

再び、腹を探り合う視線が交差した。

「たぶん、な。高校生が同人誌を出す話だし、当時を振り返って書いたと考えるのが自然だ」

　稔久が淡々と答える。

「それらしき人物も出てくるしな。だけど、あいつって絶望的に人間観察能力がないな。全くキャラクターが違う。わざと変えてるんじゃなくて、ほんとに分かってない。よくこれでサラリーマンやってたなあ」

　伸一郎があきれたように呟《つぶや》くと、稔久もぎくしゃくと頷いた。彼は確証がない限り他人を批判しないのだが、その稔久ですらこの原稿には誉められる箇所が見つからなかったらしい。

「うん。それは認める」

「この硬い台詞《せりふ》。書き割りみたいな文章。今どき、作家志望の高校生だってこれよりマシなんじゃないの？」

「少なくともサービス精神というものはないわね」

「ここまでセンスがないとある意味立派だよ」

　伸一郎は、珍しいもののようにしげしげとコピーの束を見つめた。

「そもそも、このタイトル、どういう意味なんだろ」

　敦が表紙をしみじみと見た。

「うん、わかんないよね」

亜希子も読みかけのページに指をはさみ、表紙を見る。

そこには、実直そうな字で、『楽園を追われて』と書いてある。

「最後まで読めば分かるのかな」

「だといいけど」

「とりあえず頑張って最後まで読もう」

ひとしきり意見を吐き出して落ち着いたのか、四人はまた原稿の束に没頭し始めた。

店員が不思議そうにこちらを窺《うかが》っているのが視界の隅に入る。

「学校の先生？」

「作文読んでるのかしら？」

こそこそ囁《ささや》く声が聞こえる。

多少の時間差はあったものの、四人ともほぼ同じような時間で読み終えて原稿の束を閉じ、顔を見合わせては互いの顔に浮かんだ表情を探った。

「うーん」

亜希子が唸《うな》る。

「やっぱり下手だ」

仲一郎は一言で切って捨てる。

「これって終わってるのか？」

稔久が当惑した顔で呟く。

「終わってる、んじゃないかな」

敦が恐る恐る、という口調で同意を求める。

「どう？ 奥さんに読まれたらマズイところ、あった？」

亜希子はからかうように尋ねた。

「いや、ない」

敦は安堵《あんど》よりも悲しさが勝った表情で首を振った。

「だけど、当時俺が書いてたもののレベルがこれと同じくらいだと思われるのも屈辱的な気がする」

亜希子がくすっ、と笑った。

皆の目が自分に集中したことに気付き、亜希子は慌《あわ》てて口を押さえた。

が、何か電流のようなものが四人の間に走った。

一瞬の間ののち、同時に弾《はじ》かれたように笑い出す。

馬鹿《ばか》みたいな大笑いだ。

爆発的な笑いの衝動は、なかなか治まらなかった。

告別式の緊張感から今ごろ解放されたのかもしれない。大声で腹を抱えて笑い続ける四人を、他の客と従業員が気味悪そうに見ている。あの喪服の先生方は生徒の作文を読んで笑っている、と思ったのかもしれない。

「あーおかしい、でも、ほんとにひどいんだもん」

亜希子は涙をぬぐいながら呟いた。

ようやく笑いの発作が治まり、酒を作って飲んで一息つく。

「昔のほうがもうちょっとマシなもん書いてたわ」

そう独り言をいう亜希子の隣で、稔久が再び表紙に見入っていた。

「タイトルの意味は分かったような気がするな」

「どういう意味？」

「楽園イコール文芸部ってことなんじゃないの」

「あまりにもストレートな解釈すぎる」

「だけど、あの幸弘だからなあ。奇をてらったり、暗喩《あんゆ》を込めたりするタイプじゃないよ。きっとストレートな解釈で正しいんだよ」

「じゃあ、『追われて』っていうのは？」

「卒業しちゃったことを指すんだと思うな」

「別に『追われて』るわけじゃないじゃん」

「そんなことはない」

仲一郎が口を挟む。

「学校にしろ、会社にしろ、俺たちは、どんどん後から入ってきたやつに突き上げられて、追い落とされる。文字通り俺たちは『追われて』るわけだよ。時間に追われ、仕事に追われ、家族に追われて生きる」

「なんかやけに実感のある台詞ね。何かそういう体験があるわけ？」

亜希子は仲一郎の顔を覗《のぞ》き込む。

仲一郎は「フン」と鼻を鳴らした。

「日常的な雑感さ」

「ねえ、この中に出てくる冬子っていうのは、きっと亜希子のことなんだよねえ？」

敦が尋ねると、亜希子は渋い顔になった。

「ポジション的には確かにあたしなんだけど――でも、全然性格違うんだけど。どうよ、この冬子のキャラクターは？」

「相当美化されてるよね。傷つき易くて、繊細で、ひたむきで」

「あたしはそうじゃないっていうの？」

「いや、決してそんなわけでは——ひょっとして、幸弘の目には亜希子がこう見えてたってこと？」

「よしてよ。あたしは印刷室に閉じこもったりしないわよ」

「しないよなあ。やっぱり、人を見る眼がないね、こいつには」

「そう言われるのも、なんかむかつく」

小説の終盤。

固い絆《きずな》で結ばれた文芸部のメンバーは、苦労して同人誌を発行するが、中の匿名《とくめい》のコラムの表現がたまたま目を通した教師を「高校生らしくない」と激怒させ、そのとばっちりで、全部が回収の憂《う》き目に遭ってしまう。しかし、「私たちの青春の結晶である同人誌を回収はさせない」と、メンバーの一人である少女が印刷室に同人誌を抱えて立てこもるのである。

「他の面子《メンツ》もやけに爽《さわ》やかだよな。男子も俺たちの人数に一致するんだけど、ヤツには俺たちもこう見えてたってこと？　こんな上品な文学談義なんかしてないよなあ。俺、自慢じゃないけど、ドストエフスキーもロマン・ロランも読んだことないぞ。ハインラインとディックは読んでたけど」

「柿沢はどれだ?」

「語り手だろ、当然」

「俺たち、ガリ版刷りのできた最後の世代じゃないか?」

「鉄筆、懐《なつ》かしい。あれはあれで、いかにも書いてますって実感があって、一枚カリカリ書き終えると達成感があっていいんだよな」

「うーん、ベタな展開の話だなあ。どこかで聞いたなあ、これ。十年に一回、こういうあらすじの話が巡ってくる気がする」

亜希子はパラパラとコピーをめくり、溜息《ためいき》をついた。

「ご両親は読んでるのかしら、これ」

ちらりと敦を見る。

「どうだろう」

敦は腕組みをした。

彼が代表して、幸弘の両親からこの原稿を受け取ったところは、彼らの目にしっかりと焼きついている。

「きちんと封はしてあった。みんなも確認したろ?　割印まで押してあったし。読んでないんじゃないかなあ」

「でもさ、おまえが親だったらどうする？」

仲一郎が懐疑的な目で敦を見た。

「息子の遺品の中に、遺言めいたものがあって、友人宛《あ》てになっている。封筒の中には書類の束。何が入っているか知りたいのが人情じゃないか？」

「逆に、宛名が書かれていて封印してあるのであれば、たとえ息子であれプライバシーを尊重するんじゃないかねえ」

稔久が呟く。

「でもさ」

仲一郎は食い下がる。

「たとえば遺品が犯罪がらみで告発するような内容のものだったとする。それを俺たちに渡したら、当然、証拠隠滅するよな。逆に、理不尽かつ名誉毀損《きそん》的なものかもしれない。それを渡してトラブルになったりする。そういう可能性を考えたら、やっぱり見ると思うけどなあ」

「何よ、これ、あたしたちに対する告発なの？」

「いや、分からないけどさ」

「おい、シシャモの皿に灰落とすなよ。シシャモの焦《こ》げたのと見分けがつかない」

敦が慌てて皿を移動させた。

「あ、ごめん」

亜希子は肩をすくめ、灰皿に灰を落とす。

「幸弘に限ってそういうことするとは思えないなあ」

敦が呟いた。

「俺たちに遺稿集を作ってほしい、とか」

ふと思いついたように敦が顔を上げ、みんながなんとなく亜希子を見た。編集者という職業の自分に対する痛いくらいの期待を感じ、亜希子は目を逸《そ》らしつつぶっきらぼうに答える。

「今自費出版やってる会社多いから、作れるよ。お金さえ出せば。五十冊とか、百冊とかの単位になると思うけどね」

「で、おまえが追悼文を書くのか?」

伸一郎がそう言うと、亜希子は滅相もない、という表情で首を振った。

「それだけは勘弁してほしい。あたしの面子を潰《つぶ》す気? あんたたちと連名なら書いてもいいけど。あたしはいちばん最後ね」

「昔、教科書で唐傘連判状ってあったなあ。ぐるりと名前を輪にして並べてあるから、誰が首謀者か分からないってやつ」

「四人じゃ難しいんじゃないの、それ」

「おまえらなあ」

敦があきれた声を出した。

「それよりもっと簡単な手がある。大学の近くに行けば、卒論を製本してくれるところがあるじゃないか。そこでこれを製本してもらえばいいんだ」

稔久が淡々と提案した。

伸一郎は大きく頷《うなず》く。

「うん、そっちのほうがリアリティがあるな。これを沢山刷るなんて犯罪だぞ。文芸部のみならず母校の恥だ」

「そこまで言わなくたって」

「追悼文を書きたくないと言ったおまえに言われたくない」

伸一郎と亜希子が睨《にら》み合う。

「ねえ、みんな、幸弘と最近会ってた？」

稔久がみんなを見回す。

三人は無言になった。

きっぱりと伸一郎が首を振る。

「会ってない。二年前の高校の同窓会以来かな」

「あたしは同窓会行ってないから、ずうっと会ってないな」

「そもそも、俺たちが会うこと自体何年ぶりだよ」

「だよな」

稔久が小さく頷く。

「俺さ、最近会ったんだ」

「え？　誰に？」

「幸弘だよ」

他の三人は稔久に注目する。

「最近って、いつ？」

「最近っていっても、二ヶ月くらい前だけど」

「じゅうぶん最近だよ。で、どんな様子だった？」

稔久は考える表情になる。

「全然変わってなかったな。あのまんま。元々どちらかといえば老《ふ》け顔だったろ？

ああいう顔って、印象変わらないから、むしろ今のほうが若い感じしたな」

「確かに。当時からおっさん臭かった」

「どこで会ったの？」

「麹町《こうじまち》でバッタリ。俺も向こうもお客さんのところに行く途中でさ」

「じゃあ、挨拶《あいさつ》しただけ？」

「少し立ち話した。たいした話はしなかったけど。元気にやってるか、とか、どこに行くところか、とか」

「まあ、そうだな。いきなり何年ぶりかに出会い頭で会って、突っ込んだ話なんてできないもんなあ」

伸一郎は、今度は「もろきゅう」と「まぐろ納豆」の間に煙を吐き出した。

「で、どんな印象だった？」

「だから、あのまんまだよ。たぶん、みんなの記憶にあるとおり。ただし、結構貫禄《かんろく》ついてたな。いかにも管理職って感じの」

稔久の言葉につられ、誰もが幸弘の顔を思い浮かべようとした。

しかし、生真面目《きまじめ》でどちらかといえば地味な印象の同窓生は、居酒屋の柔らかな光の下では、なかなか記憶の底から浮かび上がってはこない。

崩さずに着た校則どおりの学生服。

放課後の教室で、ひとり残ってノートを開き、熱心にページを埋めるその横顔。

かつてはかなりの時間を一緒に過ごしたはずの人間の容貌《ようぼう》や印象がここまで抜け落ちてしまっていることに、彼らは密《ひそ》かに動揺している。

不確かな歳月。連続していたはずの歳月。そのあちこちに埋もれ、沈んで消えてしまったものはいったいどのくらいあるのだろう。いや、むしろ消えてしまったものがほとんどで、手元に残っているものはわずかしかないのかもしれない。

「うーん、思い出せない。さっき斎場で見た写真が記憶と置き換わっちゃって」

「言えてる。ねえ、あの写真、今いちじゃなかった？」

亜希子が遠慮がちに言うと、みんなが同じ感想だったと見え、一斉に頷いた。たちまちワッと喋《しゃべ》り始める。

「遺影にしてはあんまりだった」

「表情がぼやけてたよね」

「きっと、突然の事故だったんで、いい写真が見つからなかったんじゃないの」

「社員旅行かなんかの写真を拡大して使ってたみたいだった」

「せめて社員証の写真にすればいいのに」

「若すぎたんじゃないか」

「まさか。更新するでしょうに」

「男で独り者だと、写真って撮らないんだよねえ。子供でもいれば、一緒に撮る機会も多いんだけど」

「子供がいても、撮らないよ。子供の写真が増えるだけ」

「それはあんたんちだからじゃないの」

「うるさいな」

「なんか懐かしいな、この感じ」

稔久がニヤニヤしながら呟《つぶや》く。

「え？」

「小林と吉田がいつも部室でぎゃあぎゃあ言ってたの思い出すよな。共坂が宥《なだ》め役で、俺と柿沢が見てる。久しぶりにこの光景見た」

「ああ、そうだな」

亜希子と伸一郎はバツが悪そうに顔を見合わせた。

人間は進歩しないということを思い知らされるのはこんな瞬間である。しかも、かつて身体《からだ》に馴染《なじ》んだ人間関係は、ここぞとばかりに歳月を超えて生々しく蘇《よみがえ》る。

「柿沢は、いつもニコニコして見てた。俺の記憶に残ってるのはその顔だな」

稔久は懐かしそうな顔になった。

「稔久はニュートラルだよな、昔も今も」

伸一郎がどことなく恨めしそうな顔で呟いた。

「ニュートラルってどういう意味だっけ？」

「中立」

敦と亜希子がこそこそ囁《ささや》きあう。

「そうか？」

稔久はきょとんとする。

「俺と亜希子が熱くなってわめいてると、おまえがスーッと差し水をするんだ。すっごい馬鹿《ばか》になった気がするんだよな。今、久しぶりにその感覚を思い出した」

思い出して腹が立ってきたらしく、伸一郎は目に見えて不機嫌になった。

「それで、こそこそ部室出てコーヒー牛乳買いに行って、自動販売機を蹴《け》っとばすんだ」

「部室か。懐かしいなー。もう建て替えられちまったんだよな」

敦がテーブルに頬杖《ほおづえ》を突く。

「死ぬほどコーヒー牛乳飲んだよなー、あの部室」

「飲んだ。実は、俺、高校出てからコーヒー牛乳飲めなくなった。あまりに飲みすぎて。たぶん、高校時代に一生分飲んだ」

稔久がそう答えると、敦はげえっという表情になる。

西日射《さ》す部室。汚れた上履き。雑多なもので埋まった机と、落書きだらけの長椅子《いす》。スクールデイズは遥《はる》か昔だ。本人たちが考えているよりも、ずっとずっと遠い。普段は忘れているその距離を思う時、初めて人は歳《とし》を取る。

亜希子が遠い目になる。

「飽きずに何を喋ってたんでしょうね、あたしら」

「そう。特に、おまえら二人」

「うるさかったねえ、毎日」

稔久と敦が頷きあう。

ショートカットの娘と、不貞腐《ふてくさ》れた学生服の少年が、唾《つば》を飛ばしてわめきあう光景が彼らの頭の中に浮かんでいる。

「ねえ、そういえば、手紙には、正確にはなんて書いてあったの？」

亜希子が思い出したように尋ねた。

「手紙ってなんの？」

「この原稿に添えられてたあたしたち宛《あ》ての手紙よ」

亜希子はとんとんとコピーの束を指で叩《たた》いた。

「え、手紙なんて付いてたの？」

「みたいよ。敦、さっき持ってたじゃない」

「ああ、そうだそうだ。忘れてた」

敦は慌《あわ》ててジャケットの内ポケットを探った。

ありふれた、薄い茶封筒が出てくる。

「どうしてそういう大事なもんを忘れてるわけ？」

伸一郎が文句を言うと、敦はムッとしたような顔になる。

「大したことは書いてなかったよ。ほら」

封筒を伸一郎に突き出す。

伸一郎は、封筒の宛名に釘付《くぎづ》けになった。

封筒の宛名は「長澤高校文芸部で一緒だった四人に」とあり、四人の名前が書かれていた。

伸一郎は封筒を受け取り、中を覗《のぞ》きこんだ。

中にはそっけない便箋《びんせん》が一枚。

開くと、余白ばかりが目に飛びこんできた。

「何かあったら四人にこの原稿を渡してください。柿沢幸弘」

几帳面《きちょうめん》な字で一行だけ、そう書かれている。

見入った四人は無言だった。

「これだけ?」

「うん」

「ほんとに大したこと書いてない」

「だろ」

気抜けしたような溜息《ためいき》が漏れる。

「あいつ、手紙も得意じゃなかったみたいだな。せめて日付くらい入れてほしかった。確か、遺言って、書いた年月日がないと無効じゃなかったっけ」

「『何かあったら』って、どういうケースを予想してたんだろう」

「普通に考えたら死んだ時ってことだろ」

テーブルの上の白い便箋、そこから何かが浮き出てくるのではないかというように、四人はなかなか目を離すことができなかった。

「この歳で遺言なんか書いてる？　ちゃんとしたのでなくとも、幸弘みたいに、何か書き置きとかしてる？」

亜希子が尋ねた。

男たちは顔を見合わせる。

「いや」

「全然だな。考えてもみなかった」

「今日考えたよ。何が起きるか分からないもんだなと思って。吉田は？」

「うーん。考えないといかんのよねえ、きっと」

亜希子は冷めて固くなったシシャモを嚙《か》みながら顔をしかめた。

「なんだ、その煮え切らない答えは」

亜希子は溜息をついた。

「去年旦那《だんな》の親父《おやじ》が死んだんだけど、ホントにあるのねえ、骨肉の争いって」

「揉《も》めてんの？」

「揉めまくりよ。結構資産家だったらしくて」

「旦那、何人きょうだいなの？」

「お兄さんとお姉さんがいて、その二人が揉めてるの。末っ子のうちの旦那は地元にいなかったし、ほとんど無視されてんだけどね」

「怖いな。なまじ資産があるとよくないね」

「生前、お兄さんとお姉さんとにそれぞれ口約束してたらしいんだけど、きちんとした遺言残してなかったんだよね。ありゃ罪だよ。だから、遺言は大事だと思ったよ。子供たちのためにもね」

「これでもか」

敦が一行だけ書かれた便箋をひらひらと振ってみせた。

「そうよ」

亜希子は鷹揚《おうよう》に頷《うなず》く。白い便箋は、別れのハンカチーフを振っているように見えた。

「そうだな。こいつのおかげで俺たちはこのありがたい原稿を読めたわけだし」

「ありがたいありがたい」

「俺たちがこうして会うのもいつ以来だか分からない」

「そういう意味では幸弘のおかげだな」

「もいっかい乾杯しよっか」

新しいボトルを注文し、灰皿を替えてもらい、大雑把に酒を作ってグラスを合わせる。

むろん、乾杯など不謹慎かもしれない。「乾杯」という言葉の響きは、この場にはちぐはぐで収まりが悪かった。

しかし、代わりの言葉も見つからず、突然この世を去った、死ぬにはまだ若すぎる同じ歳の男を送るには、何かを捧《ささ》げでもしない限り区切りがつかない。

彼らには泣くことができなかった。涙を流すには、歳月は彼らの死者に対する感情の水位を下げすぎていたからだ。

だから、彼らは乾杯した。

涙を干す代わりに杯を干したのだ。

友人の残した下手糞《へたくそ》な小説に。この小説を介した自分たちの不本意な再会に。

「なんか酔いそうで酔わないな」

「葬式帰りっていつもそうだよ」

「喪服着てるせいもあるんだよな。互いの黒い服見てると、葬式帰りってことを忘れられないからなあ」

「この歳になると、結構意外な人が死ぬよねー」

「生命力強そうに見えたやつとかね」

「他人を押しのけてでもこいつだけは生き残りそうに見えたやつとか」

「そうそう」

実は、傍目《はため》には酔いは結構回っている。顔が赤黒くなっているし、目元も妖《あや》しい。酔っ払い特有の熱っぽく饐《す》えた空気がテーブルに漂っている。しかし、四人は、芯《しん》のところでは醒《さ》めている。死者から均一の距離を取りつつも、互いにも距離を置いている。そして、そのことを自覚している。

「書いてる？」

そう声を掛けた亜希子も、実のところは酔ったふりをして、勢いを借りているに過ぎない。

「うん？」

「謀略小説書いて、華々しくデビューするんじゃなかったの？」

亜希子が伸一郎にぐいと顎《あご》を突きつけた。

「延期。老後にデビューする」

「超ハードSFを書くって話は？」

亜希子は稔久に顎を向ける。

「俺は無期延期だなあ。知識もないし」

「そういう亜希子は？」

「あたしは書かない。たいへんだもの」

「そうだよな。たいへんだものなあ」

彼らは共犯者めいた視線を交わす。

もちろん、四人は分かっている。

自分たちが書いたりはしないことを。かつて文芸部だったり新聞部だったりしたことがあっても、自分たちが決してそちら側の人間ではないということを。あれは他愛のない夢だった。経済謀略小説を書いて世界的なヒットを飛ばし、ハリウッドで映画化してもらうとか、物理学者が唸《うな》るような超クールで理論的に正しいハードSFを書くとか。こうした話題が、いわばお義理でありお約束であって、このメンバーでこの場だからなんとなく口にしているだけだということを。文芸部の友人の葬式帰りの場面にふさわしい台詞《せりふ》を、半ば退屈しながら演じているのだということを。

次に会うのは、同窓会か、やはり誰かの葬式でしか有り得ない。そのこともよくよく承知している。

「あ、そうか」

突然、稔久が声を上げた。

「何が『そうか』なんだよ。おまえはいつもそうだ。ニュートラルでよ」

仲一郎がからむ。

稔久は首をかしげる仕草をした。

「きっと、これが目的だったんじゃないのかなあ」

「え?」

「俺たちが集まることさ」

「幸弘の?」

稔久はこっくりと頷いた。

「そう。もし『何かあった』としても、卒業してからこんなに何年も経《た》ってたんじゃ、俺たちがみんな幸弘の葬式に集まってくるとは限らない。だけど、俺たち宛てに原稿を残しておけば、嫌でも集まらなきゃならないだろ?」

「まあ、そりゃそうだ」

渋々、仲一郎が認めた。

「実際、俺たち宛てになんか残ってるって聞かなきゃ来なかったよな」

「でもさあ、『何かあった』時、幸弘本人はいないんだよ。なのに、こんなもの残しといたの?」

亜希子が不思議そうに尋ねる。

「まあ、そこが幸弘の幸弘たるゆえんだよ」

敦が訳知り顔に頷いてみせるが、亜希子は懐疑的だ。

「それってあまりにも人が好《よ》すぎじゃない？　まさかねえ」

稔久は、暫《しばら》く考えてから口を開いた。

「きっとさ、幸弘って、自分に小説書く才能があるとは思ってなかったと思うよ」

他の三人は、それを冗談だと受け止め、軽く笑った。

稔久は笑わない。笑っている三人を静かに眺めている。

伸一郎はくっくっと笑いながら手を振った。

「まあ、そうであったことを願いたいな。あいつはあまりにも自分のことを知らなすぎる。良くも悪くもね」

しかし、稔久は真顔だった。

「でも、楽しみだったはず」

伸一郎はまだ笑っていて、取り合わない。

「そりゃそうだろうさ。俺だって、初めて自分が小説らしきものを書いている、と思ってる時は楽しかったもの」

「うん。夜中に勉強するふりしてこっそり原稿用紙を埋めてると、いけないことをしてるような、それでいてどこか遠くに行ける道具を手に入れたみたいで、なんだかとてもわくわくしたよね」

「そういう幻想を抱いてる段階のほうが幸せだ」

「だから、幸弘は幸せだったんだよ」

その口調に、今度は伸一郎のほうが真顔になる。

稔久は辛抱強く続けた。

「これでよかったんだよ。こうして俺たちも集まったことだし」

なんとなく、誰もが目を伏せた。

そして、誰もが同じ瞬間を思い出していた。

かつて、勉強机に向かって、秘密のノートや原稿用紙の切れ端をそっと引っ張り出したこと。

作文でもなく、何かの引用でもなく、誰も知らない初めての文章を鉛筆やボールペンで記した最初の夜のことを。

「――ヘンなヤツだったんだな」

伸一郎が酔った口調で呟《つぶや》いた。

「何が楽園だ。俺たちだってとっくに追われてる」

「幸弘は?」

「さあね」

稔久は、唐突に紙袋の中からもう一束、コピーを出した。

「あら。もうひとつあったの? ひとつ多いじゃないの」

「うん。生原稿は、親御さんに返そうと思ってさ。手元に置いておきたいでしょう、ご両親も」

「手回しいいな」

稔久は頭を掻《か》いた。

「実はさあ、最後にあいつに会った時、言ってたんだ」

「なんて?」

「今また小説書いてるんだ、って」

「あんたに?」

亜希子が驚いて稔久を見ると、彼は微笑《ほほえ》んで頷いた。

「うん。ニコニコしてた。趣味でだけど、楽しいぞって言ってた」

「そうなんだ」

みんなで気抜けしたように、テーブルの上のコピーの束を見る。

さっき見た、菊の花に囲まれた遺影の顔が、背広姿でニコニコ笑っているところが目に浮かぶ。貫禄《かんろく》のついた中間管理職の男が、無邪気に笑っているところが。

仲一郎がぼそっと呟いた。

「それがこれかよ」

「恐らく」

「やっぱり、センスないな。小説の楽園があるなら、俺は石を投げてあいつを追い出してやる」

「今ごろもう追われてるかも」

「だな」

「そろそろ行くか」

「結構長居したもんな」

「もう一軒行く？」

「どこか宛《あ》てあるの？」

「まだ雨降ってるかな。あ、コピー代も精算しなきゃ」

土曜の夜、葬式帰りの男女は、それぞれの日常に帰っていこうとしている。

けれど彼らは、自分たちが無意識のうちにコピーの束を、香典返しの入った紙袋にそっと押し込んで、その中に持ち帰ろうとしていることにまだ気付いていなかった。

卒業

風はどんどん強まって、襖《ふすま》がガタガタと揺れるようになった。

遠くのほうでうねる風の音は、誰かの叫び声のよう。時折混じる甲高い音に、少女たちはびくっと身体《からだ》を震わせ、不安そうに天井を見上げる。

「怒ってるのかしら」

「違うわよ。ただの風の音よ」

「でも、なんだか声みたいで」

「静かにして」

ひそひそと囁《ささや》き合う声に、ひときわ落ち着いた声がかぶさった。

少女たちはハッとしたようにその声の主を見る。

古くて狭い、薄暗い部屋だ。

四畳半の畳、二面は壁。一面は襖で廊下に面しており、もう一面は半分が床の間で半分が半間の押入れになっている。床の間には、青銅で出来た香炉がぽつんと置かれていた。

かろうじて動いている小さな柱時計が、煤《すす》けた壁の柱の上にひっそりと鳥の巣のように残っている。

襖には、べたべたと赤い御札が貼《は》ってあるのが異様である。

「外の動きが聞こえないわ」

その場にいる五人の中でもひときわ大人っぽい長い髪の少女が、口元の血を拭《ぬぐ》いかけた手を休めて、耳を澄ませた。

地響きのような不気味な音が遠くから伝わってくる。

少女は、パッと伏せ、畳に耳を押し付けた。少女たちは固唾《かたず》を呑《の》んで彼女の表情を見守る。その少女はやがて顔を上げた。安心させるように、少女たちの顔を見回す。

「大丈夫。そんなに近くにはいないわ。まさかこんなところでじっとしてるとは思わないでしょう」

みんながそっと安堵《あんど》の溜息《ためいき》をついた。

「ユカリ。あたしたち、やっぱり間違ってたんじゃないかしら」

隣で蒼《あお》ざめた顔をしていた色白の少女がおずおずと口を開いた。

ユカリと呼ばれた長い髪の少女は、無表情に彼女を見た。

「どうして？　何が間違っていたの、ユキ？」

その低く抑えた声に、色白の少女は躊躇《ちゅうちょ》したが、やがて震える声で言った。

「こんなことになって——」

ぽとり、と彼女の目から涙が落ちた。

「あたしたちが、無理に逃げ出そうなんてしなければ、こんなことには」

ユカリは無表情のままだ。その瞳《ひとみ》には何の感情も浮かんでいないように見える。

「そんなことないわ」

みんながハッとして、誰の声か見定めようときょろきょろした。

ユキの膝《ひざ》の上に頭を載せ、ぐったりとしていた少女がうっすらと落ち窪《くぼ》んだ目を開け、弱々しいまなざしを投げていた。その頬には、ユキの目から落ちた涙が丸い玉を作っている。

「カオリ。カオリ、だいじょうぶ？」

畳の上を這《は》い、他の少女たちがカオリの周りに集まった。

「あたし、よかった」

カオリは目を泳がせた。その視線は、ユカリを見つけるとかすかに微笑《ほほえ》む。

「生まれて初めて自分の意志で行動できたんだもの。凄《すご》い解放感。それに、ね」

カオリは柱時計に目をやった。

「もう少しで十二時」

その声は独り言のようだった。他の少女たちもつられて柱時計を見上げる。

十一時二十五分。

カオリの目が、かすかに熱を帯びる。

「そうすれば、あたしたちは十六歳。もう模範生にはなれない。誰が何と言おうと揃《そろ》って卒業できる」

「ええ、そうよ。あたしたちは卒業できるわ。だから、もう喋《しゃべ》らないでカオリ。あんたは随分血を失っているのよ」

ユカリが子供を諭すような口調でカオリの顔を覗《のぞ》き込んだ。カオリは僅《わず》かに笑みを見せ、目を閉じる。声を絞り出したことが、疲労を深くしたようだった。喉《のど》の奥で、タンの絡《から》む音がする。

「水を。外に、水屋が」

「この部屋を出ちゃ駄目。封印できたのは狭いこの部屋だけなんだから」

腰を浮かせた少女にユカリが厳しい声を出し、少女は怯《おび》えた顔で再び座り込んだ。

「ミサトはどうするの。あの子をあのままにしておくわけにはいかないわ」

ヒビの入った眼鏡を掛けた小柄な少女が、恐る恐る言い出した。

ユカリは暗い表情になる。

「あたしだってそう思う、マユ。だけど、あの子を連れに行ったら、誰かが犠牲になる。せっかくここまで来たのに、ミサトだってそんなことは望んでいないはず」

「あたし――あたし、あの音が耳から離れない――あいつらがミサトを」

マユは耳を塞《ふさ》ぎ、おぞましそうに身を震わせた。

どおん、と太鼓を打ち鳴らすような音がして、部屋が揺れた。

みんなが一斉に顔を上げる。

「来たの？」

「分からない」

突然、襖が弱々しく外から叩《たた》かれた。

「だれっ」

ユカリが叫んだ。

再び、弱々しく襖が叩かれる。

「――あたし――」

マユがぴくっとする。

「ミサト?」

「――あたしよ――」

「ミサトなのね? 待ってすぐに」

「やめて!」

マユが襖に駆け寄ろうとしたのをユカリが制した。

「違う。ミサトじゃない。罠《わな》よ。これは、あいつらだ」

マユはぶんぶんと首を横に振る。

「あの声はミサトだわ。ここまで来れたんだ」

ユカリは必死の形相で叫ぶ。

「分かってるでしょ、あいつらは声を真似《まね》るのなんてお手のもの。見てくれだって」

「ミサトよ。早く介抱しなくちゃ」

「マユ」

振り切ろうとするマユの両肩をつかみ、ユカリは正面からその目を睨《にら》み付けた。

「あんただって見たでしょ? ミサトは首をへし折られたのよ。たちまちほとんどの血を抜かれて、渡り廊下に倒れていたわ。どう考えたって、即死だった」

「ミサトはあたしをかばってくれたの」

マユの目はひび割れた眼鏡の奥で大きく見開かれているが、ユカリを見ていない。

「教室を出る時、あたし、躓《つまず》いちゃったの。ミサトはあたしを助け起こして、あたしの後ろについてくれたの。あたしがのろのろしている間に、ミサトは追いつかれて」

「マユ。あんたの罪悪感は分かるけど、あんたのせいじゃない」

「ミサト」

マユは凄い力でユカリを撥《は》ね除《の》け、他の少女が飛びつく前に襖に手を掛けた。襖に貼ってあった御札がちぎれる。

マユが襖をほんの少し開いたその瞬間、毛むくじゃらの巨大な鉤爪《かぎづめ》が隙間《すきま》の上部からブン、と振り降ろされた。

空気を切る鋭利な刃物の音。

それは凄《すさ》まじい衝撃で、彼女の背中にずしんと突き刺さった。

「マユ！」

ひきつった悲鳴が上がるその一瞬に、一撃で命を落としたマユの身体がずるりと部屋の外に引き出される。二つの白いソックスの足の裏が畳の上をズッ、と平行移動した。

ユカリが飛びつき、襖をピシャンと閉める。

ミチコが慌《あわ》てて別の御札を貼った。

襖の向こうで、何かの折れる音がする。鈍いくぐもった音。ぴちゃぴちゃ、ずるずる、という液体をすする音も長く続いている。

襖のこちら側で、ユカリとミチコは荒い呼吸をしながらわなわなと震えていた。

「駄目だ、囲まれてる」

「マユ」

ユカリが絶望的な声で呟《つぶや》くと、ミチコがすすり泣いた。

「――あと二十分」

膝の上で呟いたカオリが、再びうっすらと目を開けて柱時計を眺めている。

ユキが「うっ」と嗚咽《おえつ》を漏らし、カオリの頭を抱きしめた。

「もうすぐ――もうすぐここを出て行ける――卒業できる」

カオリの表情には奇妙な愉悦が浮かんでいた。

「そうね。そうね」

ユキは頷《うなず》きながら、カオリの頭を撫《な》でる。が、ふと彼女の下半身に目をやると、固まりかけた血がどす黒くなり、スカートも足も焼け焦《こ》げたようになっている。彼女の下の畳には大量の血が吸い込まれ、そこだけ畳がたわんでいるのに気付き、ユキはその恐ろしい眺めに「ううっ」と全身を震わせた。

遠くで風の音が響く。

異様な静けさが、部屋を覆《おお》っていた。しかし、それは偽りの静けさであり、いつでも暴力的に破られるものであることを彼女たちは知っていた。

「そうね、あいつらに奪われた時間、あいつらに売り渡された時間は十六歳の誕生日の前日まで。そうよ、あと少し。あと少しだわ」

ユカリの目に暗い光が宿った。

「見せ付けてやる。あたしたちが卒業できるってことを、あいつらに突きつけてやる」

その時、すうっと一陣の風が部屋を吹き抜けた。

ゾッとするほど冷たく、それでいて生温かい風。

少女たちは反射的に背筋を伸ばした。

「今の風は、どこから？」

誰もが怯えた目で部屋の中を見回していた。

「あそこ」

ミチコがぽつんと指さした。

「あの、押入れからよ」

部屋の隅にある、半間の押入れ。

「押入れ」

ユカリが喉の奥を鳴らした。

「御札が貼ってない」

ユキが甲高い声で言った。

「数が足りなくて。部屋の中だからいいだろうと思って」

ミチコがぼそぼそと乾いた声で呟く。

しかし、明らかに押入れの戸の周りから、ひゅうひゅうと嫌な風が部屋に吹き込んでいた。戸がガタガタと鳴る。

「ひょっとして、あの中は」

ふらっとミチコが腰を浮かせた。引き寄せられるように押入れに近づいていく。

「やめて、ミチコ、待って」

慌ててユカリが手を伸ばそうとした時には、ミチコはもう押入れの戸を開けていた。

ごおっと外の風が吹き込んだ。

押入れの床が割れていて、そこから何かが頭を覗かせている。

ミチコは「ひいっ」と引きつった声を出した。

それは奇妙な形をしていた——機械だ。

機械で出来た昆虫の頭。金属で蝶《ちょう》の模型を作るとこうなるのではないかという形だった。

ぎいい、ぎいい、と耳障《みみざわ》りな音が響く。大きなゼンマイが、顔の口に当たるところでぎしぎしと揺れている。

誰もが動けなかった。

押入れの床からゆっくりと這い出してくるそいつの足はムカデのように沢山あって、それがどれも錆《さ》びたコンパスのような機械だった。

ぶすり、ぶすり、と足の針が畳に突き刺さる音。

ユカリが我に返り、床の間の香炉をそいつに投げつけた。

ガシャンという衝撃音に、ぎいいいい、と悲鳴のような音が上がる。思わず耳を塞ぎたくなるような不快な音。

逃げ出そうとしたミチコの首に、ひゅっと伸びたゼンマイがぐるりと巻きついた。

ミチコの喉から奇妙な音が漏れ、たちまち顔が鬱血《うっけつ》し、目が充血して飛び出しそうになる。

「ミチコっ」

ユキがカオリの頭を床におろし、ミチコの足に飛びついた。

ずるずると引きずられるミチコの身体《からだ》に取りすがろうとするが、彼女も引きずられる。

「ユキ、放してっ。手を放すのよ！」

ユカリが叫んだ時、ういいん、という音がして、コンパスのような足が何本も持ち上がり、そのうちの一本がユキの首に突き刺さった。全身がびくんとのけぞる。

「ユキ！」

ユキの身体はぶるぶると震えていたが、手は何かを探している。

二人の少女は、錆びた金属に絡め取られて押入れの床に消えつつあった。

ユキの手はスカートをまさぐり、ポケットからはらりと御札が落ちた。

「ユキっ」

ユカリは泣きながらも反射的に彼女の落とした御札に飛びつき、少女が消えた押入れの戸を力いっぱいにばたんと閉め、叩きつけるように御札を貼《は》り付けた。

「ユキーっ」

ユカリは押入れに背中を押し当てて天を仰ぎ、絶叫した。

がしゃん、がしゃん、と機械が遠ざかる音。

再び部屋は沈黙に閉ざされた。

残っているのは二人の少女。

一人は畳の上に横たわり、ぴくりとも動かない。

もう一人は、虚脱した表情で膝を投げ出して座り込んでいる。

「ユキ——ユキ、ミチコ。マユ、ミサト。ごめん——ごめんなさい」

ユカリは畳に身を投げ出して泣き出した。

「あたしが——あたしが、みんなを守れなかったばっかりに——あたしのせいだ。あたしの」

泣きじゃくり続けるユカリに、横たわるカオリは全く反応しない。

静かだ。

なんと静かなんだろう。

泣き続けていたユカリは、異様な静寂に気付いてようやく顔を上げた。

世界の終わりのような静けさ。

ユカリはぼんやりと耳を澄ましていた。

ふと、柱時計を見る。

既に午前零時を回り、三十分近くが経過していた。

「ああ」

ユカリは間の抜けた声を漏らす。

「もう、十六歳なんだ」

ユカリはのろのろと畳の上を這っていき、カオリの耳元に顔を近づけた。

「おめでとう、カオリ。あたしたち、十六歳になったのよ。卒業したのよ。聞こえる？　カオリ」

カオリはぴくりとも動かない。

「カオリ。卒業よ」

ユカリは苦労してカオリの身体を起こし、壁に背中を当てて座らせた。

「カオリ。あたしたち、ここを出ていくのよ。もうどこにだって行けるわ」

ユカリは笑みを浮かべて、ゆっくりと襖《ふすま》に向かって歩いていった。

御札がはらりと畳の上に落ちる。

「静かだわ。なんて静かなの」

ユカリはそうっと襖に手を掛けた。

襖は軽く、音もなく開いた。ユカリは外を眺め、目を細める。さえざえとした冷たい光が、死のような静寂の世界から暗い部屋の中に射《さ》しこんできた。

朝日のようにさわやかに

オランダのビールに、グロールシュという銘柄がある。

缶ビールでも売られているが、濃い緑色をした壜《びん》の形に特徴があって面白い。ずんぐりした、太いボトルである。最も大きな特徴は、王冠ではなく、白い栓が蓋《ふた》として付いていることだろう。栓には針金が通され、更にその針金を押さえる針金が付いている。最初に封を切って開けても、また蓋をして針金でロックしておくことができるわけだ。

飲み口は爽《さわ》やか。かすかに柑橘《かんきつ》系の香りのする、さっぱりしたビールである。

さて、問題は、グロールシュの味ではない。

実は、私はこのグロールシュの壜を見る度に、いつも不思議なデジャ・ビュを感じてきた。なぜかは分からない。しかし、そのデジャ・ビュの源が、どうやらボトルネックの部分にあるらしい、ということにはうすうす気付いていた。

普通、ビール壜の口には、王冠で包むための縁が付いている。しかし、グロールシュの壜は、栓をするタイプであるのと、恐らくボトルの口から直接飲むことはあまり念頭に置いていないのであろう（なにしろ、栓と針金が邪魔である）、縁はなくまっすぐ垂直な注ぎ口になっているのだった。

レストランで、バーで、一輪挿しのような垂直の注ぎ口を見る度に、何かを忘れているような奇妙な心地にさせられた。

この感情を説明するのは難しい。懐《なつ》かしいようでもあり、不安なようでもあり、もどかしいようでもあり。強いていえば、「いつか特別な時に使おう」と思ってしまっておいた新しいハンカチーフがあったのに、どこにしまったのか、ずっとそのありかを忘れてしまっているような感じなのだった。

話は変わるが、アメリカにW・Mというトランペッターがいる。

音楽一家に生まれ、父はピアニスト、兄はB・Mというこれまた有名なサックス奏者、弟はトロンボーンを吹いている。

完璧《かんぺき》なテクニックを持つW・Mは、天才ミュージシャンのご多分に漏れず、たいそう若い時からその名を知られ、クラシックとジャズのアルバムを両方いっぺんに出してデビューするという快挙を成し遂げたのだった。

なにしろ凄《すさ》まじいテクニックの持ち主なので、彼にはいろいろと伝説があった。

ひとつはその呼吸法である。

声楽しかり、管楽器しかり、エネルギーの源は人間の呼吸である。だから、彼らの使う楽譜にはたいてい息継ぎの箇所に印がしてあるし、作曲者も演奏者が息継ぎすることを念頭に置いて譜面を書く。たまに、息継ぎを考慮せずに作曲する人間もいないわけではないけれど（無論、そのような作曲者には演奏者から呪詛《じゅそ》と罵倒《ばとう》が飛ぶ）。

W・Mの場合、息継ぎが不要だという専《もっぱ》らの評判であった。

循環奏法といって、鼻で息を吸って口で吐く奏法を完璧にマスターしているので、息継ぎ無しで永遠に吹き続けられるというのである。確かに理屈ではそうであるが、実際にそんなことができるものなのだろうか。だが、それが事実だと言われても納得できるほど、彼は楽々と長いフレーズを音量豊かに演奏し続けるのであった。

さて、もうひとつ、W・Mには伝説があった。

正確にいうと、こちらは伝説ではない。実際に吹いているところを見たことがあるので、これは事実である。

なんと、W・Mは、マウスピースを使わないのである。

マウスピースといっても、ボクサーがリングの隅っこでトレーナーから口の中に押し込まれるものではなく、管楽器に付ける「吹き口」のことだ。

実際に口をつけ、息を吹き込む道具であるから、管楽器の演奏者は皆マウスピースを大事にしているし、吹き心地や音色も変わってしまうので、熱心な演奏者はマウスピースの研究に余念がない。マウスピースは取り外しが出来るので、他人の楽器を吹かせてもらう時などは、自分のマウスピースを取り付けて吹く。マウスピースがない管楽器は、文字通りただの「くだ」なのである。

つまり、W・Mは、ただの「くだ」に直《じか》に口をつけて演奏しているということになる。

これがどれだけ難しいかは、漏斗《じょうご》なしで一升瓶に酒を注ごうとするのに似ている。マウスピースは漏斗のように、効率よく、息を漏らさず楽器に注ぎ込む役割を果たしている。それを取り除いていきなり多くの酒を一升瓶に注ごうなんて、危険かつ無駄な行為にしか思えないであろう。

だが、W・Mはもはやマウスピースを必要としていないのであった。一升瓶に、直に大量の酒を一滴も漏らすことなく注ぎ込む技術を会得《えとく》しているので、もはやマウスピースを使うことは、漏斗に付いた分だけ酒が無駄になり、漏斗の厚さだけ注ぐ時間が遅くなるのと同じなのであろう。

お分かりになっただろうか。

つまり、私は、無意識のうちに、グロールシュのボトルの注ぎ口に、W・Mが吹くトランペットの垂直な吹き口（といっても、実際には「吹き口」は装着されていないのであるが。要は、水道管を切り落としたようなまっすぐな管だ）を連想していたのだった。

そのことに気付いたのは、ごく最近、オーケストラの演奏を聴いていた時だった。ブラームスのピアノ協奏曲第二番である。

何年もグロールシュを飲み、何年もW・Mの演奏を聴いてきたのに、その両者を結びつけて考えたのは、ごく最近になってからというのが不思議である。

ともあれ、デジャ・ビュの正体は解けた。確かに、その形状はよく似ている。

しかし、どちらも垂直な「口」を持つからといって、なぜこんなにも、懐かしい上に不安で焦《あせ》る心地になるのかは相変わらず謎《なぞ》のままだった。

その謎について、端緒を開いたのは、打ち合わせで訪れた京都の庭だった。

京都という場所は、修学旅行の定番以外にも大きな寺や立派な寺がたくさんあって、散策のついでに足を踏み入れてみて圧倒される、というパターンがよくある。

この時も、前日夜遅くまで打ち合わせで話し込み、翌朝はどんより朝食も食べずに出発し、予定の合間に「近くにあるから」という理由だけでとある寺を訪れたのだが、建造物の立派さと巨大さ、庭（といっても巨大な池まるまる）の広さに度肝を抜かれたのだった。

せっかくだからと池の周りをぐるりと一周する遊歩道を歩き始めたのだが、歩いても歩いても対岸に辿《たど》りつけない。

池の一画に、蓮《はす》が一面に生えているところがあり、蓮の葉の表面に載った水滴が、陽射《ひざ》しもないのにキラキラ人工物のように輝いているのが不思議である。

どうやらこれは人工の池らしい。蓮をあしらうということは、池全体で極楽浄土を表しているのだろう。

その蓮の葉を見ているうちに、頭の中に、なぜかまたグロールシュの壜とW・Mの楽器が浮かび上がってきた。

なぜだろう。

ふと、気付いた。

緑の管。

どうやら、この連想のポイントは、「口をつける」ということらしい。つまり、「管に口をつけて呼吸する」という状態を連想しているようなのだ。なぜ蓮の花からかというと、子供の頃、忍者の出てくる漫画を読んでいて、「水遁《すいとん》の術」というのが印象に残っていたからだろう。

細い竹の節を抜いたのを持って水に潜り、蓮の花の陰から竹を水上に出して水中で呼吸する。そんな場面が、かつての時代劇には定番としてよくあった。

いわばシュノーケルだが、よほど水面の近くにいないと、水圧で呼吸なんかできたものではない。水面すれすれに潜むには、相当なテクニックを要すると思われる。

考えるだに苦しそうだが、その「管に口をつけて呼吸する」イメージが、やはり私の意識の水面下すれすれで何かを思い出させようとしているのだった。

ところで、普段忘れている食べ物のひとつに心太《ところてん》がある。

生まれて初めて心太を食べた時のことは今でも忘れられない。

学生時代にデパートで短期のアルバイトをしていて、社員食堂で向かいに座っていた女性が食べていたのだ。

最初、私はそれが何なのか分からなかった。

よほど私が不思議そうにしていたのか、その女性は「どうしたの？」と尋ねてきた。その食べ物は何か、と私が尋ねると「心太」と答える。なるほど、名前は聞いたことがあったけれど、これが心太という食べ物なのか、と感心していると、彼女は「食べてみる？」とお皿を私に渡してくれた。

一口食べて、何よりも驚いたのは、それが「酸《す》っぱい」食べ物だったことである。

心太という食べ物が、甘味喫茶で売られているという知識はあった。あんみつ・みつ豆・ところてん、というメニューが並んでいるところもTVドラマで見たことがあった。だから、てっきり甘い食べ物だと思っていたのだ。あとから黒蜜《くろみつ》をかけて食べる場合もあると知ったけれど、甘味喫茶の食べ物が酸っぱい、という、先入観を覆《くつがえ》された驚きが何よりも記憶に残っている。

そして、「トコロテン式」という言葉は、私の中ではパスタマシンのイメージに置き換わっている。管に柔らかいものを押し込み、細長いものが先端の穴から押し出されてくる、というイメージである。

思うに、人間は「管」というものに強いシンパシーを感じているのではなかろうか。そもそも、人間の消化器官自体、長い一本の管で出来ている。血管も、文字通り血を通す管だ。かつて送風管を使って書類を送ることを思いついたのも、無意識のうちに人間の身体《からだ》を思い浮かべていたに違いない。管と見るとつい唇を当てて音を出したくなるのも、自分の中にある管に対する愛着が根っこにあるのではないか。管を吹き、音を出すというのは、管が通じている、すなわち、生命活動が円滑に行われているということに対する讃歌なのではなかろうか。その証拠に、我々は「詰まる」ことを恐れる。消化器官の詰まり、血管の詰まり、それはすなわち生命活動の阻害に繋《つな》がるからである。

どんな民族でも笛を持ち、それを吹くことに価値を見出《みいだ》してきたのは、決して偶然ではないような気がするのだ。

それはさておき、グロールシュの壜とW・Mの楽器の話に戻ろう。

謎の端緒を開いたのは京都の庭の池の蓮だったけれど、次のきっかけは、やはり京都の外れを車で走っていた時のことだった。

車は、民間の土地であるという、よく手入れされた古い竹林の中を走っていた。まるで時代劇の中に紛れこんだかのようで、鬱蒼《うっそう》とした竹林の中は、昼間なのに薄暗く静まり返っている。

種類によっては一日で一メートル近くも成長するという竹は、まさに管そのものであり、生命力の象徴である。こんな竹の中からお姫様が産まれたって、ちっとも不思議ではない。

青い管。青い竹。

そんな竹林の中を走っていると、またしてもグロールシュの壜が目に浮かんできた。

そして、W・Mがトランペットを吹いているところも。

いや、W・Mは尺八を吹いていた。いいや、それも違う。彼は、青々とした、竹を吹いていた。もはやマウスピースも何も必要ない。彼は竹に唇を触れるだけで、音楽を奏《かな》でることができる。

完璧な奏法、完璧な呼吸。

「朝日のようにさわやかに」。

なぜか彼が吹いていたのはその曲だった。少しくぐもった音で、W・Mは訥々《とつとつ》と淋《さび》しげなメロディを奏でていた。

奇妙なことが起きた。

目の前に、緑色の壁がせりあがってきたのだ。かっちりと埋め込まれた緑のタイル。しかも、壁に耳を付けて座っている子供の姿まで浮かんでくる。

私はこの壁を知っている——むろん、この子供も。


どうやら、この子供は私らしいのである。


イギリスに有名な幽霊屋敷があって、そこで一晩を過ごすと、階段を上り下りする足音や、使われていないはずの印刷機が動く音がするという。もちろん、音のする場所に行ってみても、そこには誰もいない。無人の屋敷だが、滞在したがる者は途切れず、霊媒師もここには幽霊がいると長年太鼓判を押してきたいわくつきの屋敷である。

しかし、長年の伝説は、ある人物が隣の家を訪ねたことであっさり否定された。

イギリスにはタウンハウスと呼ばれる建築様式があって、隣の家と壁一枚を共有する形で似たような造りの家がずっと並んでいる。

くだんの幽霊屋敷もこの造りで、要は、隣は小さな出版社だったのである。階段の音は、隣の会社で深夜従業員が上り下りする音、印刷機の音は、隣の地下で夜通し印刷をする音。それが、壁や水道管を通じて隣の家に、リアルな臨場感を持って伝わっていたのだった。

そう、音というのは奇妙な伝わり方をする。

私の住んでいるマンションで、夜中に機械音が絶えないので住民が苦情を申し立てたら、全く接触のない別の階の離れた部屋だったことがあった。ちなみに、その機械音は、昼間は仕事を持っている女性が、夜中に編み機で内職をしていた音だったそうだ。

そして、私も、子供の頃、いっとき、このタウンハウスのような造りの家に住んでいたのである。

日本の場合、タウンハウスというよりも、看板建築と言ったほうが通りがよいかもしれない。

何軒もの家が、ぴったりと並んで通りの両側を埋めていた。

ほとんどの家は、一階が商店になっていた。そのうちの一つに、精密機械の部品の卸をやっている会社があって、壁は一面、濃い緑のタイル貼《ば》りだった。

私はその上の住居に住んでいた。

いっとき、自営業である両親の仕事が忙しく、親戚《しんせき》の家に預けられていたのだ。

住居は中二階と三階という変わった造りだった。

中二階の下は事務所で、電話や何かの機械の音がダイレクトに伝わってきた。

私が寝ていたのは、中二階の奥の狭い部屋だった。

元々は納戸《なんど》だったらしく、いろいろなものが置いてあって、私に与えられたスペースはごくわずかだった。子供の布団《ふとん》を一枚敷くのが精いっぱいのスペースしかなかった。

必然的に、壁にくっつけて布団を敷き、そこで眠ることになる。

子供は狭い場所を好むものなので、狭さは苦痛ではなかった。むしろ、布団一枚のスペースがお気に入りだった。

しかし、毎晩その部屋で眠るうちに、奇妙なことに気付いた。

不思議な声を聞くようになったのである。

壁には大きなカレンダーが貼ってあった。汚い壁を隠すためだったのだろう。

ある日思い切ってめくってみたら、モルタルの壁の一部が割れていて、中から管のようなものが少し剝《む》き出しになっており、そこから声が聞こえてくるのだと気付いた。話している内容までは聞き取れなかったが、それが男女の声であることは分かった。声の調子から、どこか秘密めいた、ひそひそと抑えた声である。

知っている声ではない。きっと、よその家から壁を伝わって聞こえてくるのだろう。

私はどきどきした。

子供の耳にも、その声はどこか艶《なまめ》かしく、睦言《むつごと》と呼ばれるようなものであることは感じ取っていた。

だから、声が聞こえることは、大人には黙っていた——言ってはいけないことのように思えたし、そんなものを聞いてはいけないと言われそうな気がしたのだ。

私はその声の優しい響きに惹《ひ》かれていた。

長いこと両親に会えなかったせいもあって、男女の声の響きが、遠い両親の声のように思えたのかもしれない。

声は毎日聞こえるわけではなかった。

連日聞こえる時もあったが、何日も聞こえない日が続く時もある。私は声を聞き逃すまいと、壁にくっつくようにして寝た。待ちくたびれて眠ってしまうことも多かったが、概《おおむ》ね、四、五日に一度くらいの頻度で聞いていたように思う。

やがて私は、どんな男女の声なのだろう、と興味を抱くようになった。どんな姿をした、どんな顔の男女がこの声の持ち主なのだろうか。

まだ小学校に上がる前で、時間はたっぷりあった。

その町は、下町の色合いを残していた。

私は家の前をうろつき、近所の子と遊び、近所の住民にあの声の持ち主を探した。昼間は仕事に出かけている大人が多いので、なかなか持ち主らしき男女は見つからなかった。

数軒隣の一階には、怖い煙草屋《たばこや》のおばさんがいて、いつも無愛想に店先に座っていた。私たちが騒がしくしているとよく叱《しか》られたので、私を含め近所の子供たちは皆このおばさんが苦手だった。

新聞配達のお兄さんや、豆腐屋のおじさんは私を可愛《かわい》がってくれた。

時計屋の店先には、太った年寄りの三毛猫がいて、お客に撫《な》でられるままになっていた。私も店が開くと真っ先に撫でにゆき、ふさふさした尻尾《しっぽ》の感触を楽しんだ。猫はいつもうとうとしていて、たまにちらりとこちらを一瞥《いちべつ》するだけだった。

ようやく、それらしき男女を見かけたのは何かの祝日だったと記憶している。

とても美しい、若い男女が食事に出かけるところに出くわしたのだ。

子供から見た大人の年齢というのはよく分からないけれど、当時二人は二十七、八歳くらいだったのではないか。

端正な顔立ちの二人で、連れ立って出かけるところは仲睦まじく、似合いのカップルという感じだった。

女性は赤い口紅がよく似合っていて、真珠のイヤリングが長い髪に映えていた。大きく口を開けて笑うところが華やかだった。

あの人たちかもしれない、と私は直感した（いや、あの人たちだったらいいな、という希望か）。

その後、近所の子供たちに聞いてみて、例の男女の女性のほうは飲食店を経営していて、男性は家で翻訳の仕事をやっている、という情報を得た。

彼らが住んでいるところも、隣の二階らしいと突き止めた。

やはり、あの二人に違いない。

私はそう信じた。あの優しい囁《ささや》き声、静かだがどこかに情熱を秘めた声の響き。それはあの見目麗《うるわ》しい男女にふさわしい。

その日から、その声はあの男女になった。声に姿が与えられたのだ。私にとって、声はお伽話《とぎばなし》のようでもあり、連続TVドラマのようでもあった。それは心の慰めであり、夢だった。

かくて、私は真相に辿《たど》り着いたように思えた。

私は思い出した——壁に布団をくっつけて、そっと頭を壁に押し付け、遠い男女の囁きを聞く日々。

よく考えてみると、あの家には一年も住んでいなかった。せいぜい九ヵ月というところか。だから、すっかり忘れていたのだ。

グロールシュの緑の罎《びん》、緑色のタイル、緑の壁。

W・Mの吹くトランペット、管を伝わる声、恐らくは、かつて壁伝いに聞いていた男女の接吻《せっぷん》の音。

それらが私に懐《なつ》かしい思いを起こさせ、二つの垂直の管にもどかしい思いをさせていた原因なのだ。

謎《なぞ》は解明されたはずだった。

しかし、心太《ところてん》の問題がある。

なぜ、私はこの真相に辿り着くために、途中で心太を必要としたのだろうか。「管」のせいだろうか。だが、管を連想するのは、蓮《はす》の池だけでじゅうぶんだったはずだ。

何かが心に引っ掛かっていた。

それが分かったのは、ついさっきのこと。

仕事帰りに同僚と食事をした、自宅までの帰り道のことである。

小さなアパートの前を通りかかった時、凄《すさ》まじい罵《のの》り合いが聞こえてきた。夫婦喧《げん》嘩《か》か、痴話喧嘩か、若い男女の声である。やがて真ん中のドアがばたんと開いて、顔を歪《ゆが》めた若い男が外に出てきた。憤懣《ふんまん》やる方ない表情でずんずん歩いていく男に向かって、若い女が泣きながら、大声で何事か罵《のの》っている。

その女の顔を見た瞬間、かつて子供の頃、あの緑のタイル貼りの家に住んでいた頃の、忘れていた記憶の一ページが不意に蘇《よみがえ》ったのだ。

そうだ、あの男女の話には続きがあった——

声をあの男女だと信じてから、ふた月ばかりが経過していた。

私は相変わらず子守唄《こもりうた》代わりにあの声を聞いていたし、ずっと声を聞いていたいと思っていた。

しかし、それはある朝突然、終焉《しゅうえん》したのである。

いつも通り朝ごはんを食べ、外に出た時、声がした。

甲高い、ヒステリックな、誰かを罵倒《ばとう》する若い女の声。

周囲が騒がしくなった。近所の人たちが、何事かと顔を出し、外を眺めている。

煙草屋の店先で、あの女性が叫んでいた。

あの優しい声を発していたはずの、見目麗しい男女の片割れの女性である。

煙草屋の奥から出てきた老夫婦が、おろおろしたように女を宥《なだ》めている。だが、女の憤《いきどお》りは治まらない。老夫婦が宥めようとすればするほど、女はいよいよ激昂《げっこう》し、つかみかからんばかりに何かを罵倒し続けるのだった。

いつも店番をしているあの怖いおばさんは、なぜかその場にいなかった。もう開店していたはずの時間だが、店は暗く、空っぽの椅子《いす》があるばかりである。

彼女の形相は、すっかり変わっていた。

華やかで美しい顔は、さながら般若《はんにゃ》のように怒り狂い、全く別の生き物のように見えて、私は震え上がった。

同じ感想を持ったのか、近所の子が怯《おび》えた顔で寄ってきて、二人で寄り添いながら怒り続ける女を眺めていた。

女はいつまでも老夫婦を罵倒し続けていた。

事情を理解したのは、それよりもずっとあとだった。

いや、当時の私が本当に事情を理解できていたのかは疑わしい。

あの日以来、もはや男女の声が聞こえなくなったことと、あの朝の出来事とを結びつけて考えていたわけでもなさそうだ。

それを理解したのは、ついさっき、男を罵る若い娘の顔を見た瞬間だったのである。

あの朝、若い娘と暮らしていた若い男は、彼女の元から去っていったのだった。

彼は、彼女を残し、よその女と駆け落ちしたのである。

恐らくは、手紙か何かが残っていたのだろう。事情を察した娘は、男に対して激しい憤りを示したのだった。

更に、彼女は、駆け落ちした相手の親にもその矛先を向けたのだ――。

煙草屋の老夫婦に。

あの無愛想で怖いおばさん。いつも子供たちを叱り、無表情に座っていた女――その親に向かって、非難をし続けたのである。

つまり、そういうことだったのだ。

私が聞いていた男女の声は、あの若い男と、煙草屋のおばさんの声だったのだ。

思えば、飲食店を経営する若い女の帰りはいつも遅かった。幼い子供が布団に入る時間には、若い女が家に帰っていることはほとんどなかったはずだ。あの声は、若い女が家に帰る前に、二人が密会している声だったのである。

だから、毎日というわけにはいかなかったのだ。近所の目もあるし、せいぜい四、五日に一度、ほんの数十分。

謎めいた声、秘密めいた息遣い。

そう聞き取ったのは正しかった。

あれは秘めたる逢瀬《おうせ》だったのだから。

あの不機嫌なおばさんと、あの麗しい若い男の組み合わせはどうしてもしっくりこなかった。周囲の大人たちも暫《しばら》く大騒ぎをしていたような記憶がある。歳《とし》も一回り近く離れていたはずだ——しかし、彼らは二人で手に手を取っていなくなった。

ここで、ようやく、話は心太に繋《つな》がった。

先入観に騙《だま》されてはいけない。甘味喫茶のメニューだからといって、心太が甘いわけではない。その味は、酸《す》っぱいのだ。

私はどこかで、あの事件を覚えていたのだろう。そして、見た目とは異なる実態、という印象を残していたのだろう。

駆け落ちした二人はどこへ行ったのだろうか。その後、幸せに二人で暮らし続けたのだろうか。

頭の中で、W・Mのトランペットが響き続けている。

くぐもった音色、ものがなしいメロディ。

家に帰った私は冷蔵庫を開ける。

緑色で冷たい、グロールシュの壜の感触。

中身をグラスに注ぎ、私は空になった壜の口にそっと唇を当ててみる。

W・Mのテクニックには及ぶべくもない。それでも、かすかに息を吹き込むと、遠い汽笛のような低く鈍い音が響いた。

あとがき

五年ぶりの短編集である。

なにしろ、日頃ほとんどの時間を長編連載の原稿に費やしているので、なかなかノン・シリーズの短編を書く機会がない。しかも、短編は（私には）とても難しい。だからますます書けない。次は何年後になることか……。

今回もまた、それぞれの短編についての簡単な覚書を記すことにします。内容を予想させるところがあるので、できれば、本文読了後にお読みください。

「水晶の夜、翡翠《ひすい》の朝」

『麦の海に沈む果実』『黄昏《たそがれ》の百合《ゆり》の骨』の水野理瀬シリーズの番外編として書いた。前短編集である『図書室の海』に入っていた「睡蓮《すいれん》」も番外編だったが、今回は、理瀬のパートナー、ヨハン君のエピソードである。邪悪なヨハン君の邪悪なラストが気に入っている。

「ご案内」

讀賣新聞から、月に一度、若手作家の読みきりショート・ショートをやりたいのでしょっぱなの回を、と言われて書いたもの。「イラスト、誰に頼みましょうか」と言われて頭に浮かんだのが、その頃東京都現代美術館で開かれていた〈「日本画」から/「日本画」へ〉という展覧会。新進気鋭、若手の日本画家が一堂に会していてとても刺激的で面白く、そこで見た町田久美さんの絵を使わせてもらえないだろうかとお願いした。所有者である画廊が快く許可してくださり、とても嬉《うれ》しかった。

「あなたと夜と音楽と」

アガサ・クリスティの『ABC殺人事件』へのオマージュというアンソロジー企画のために書いたもの。会話だけのミステリというのを書いてみたくて、ラジオのDJという設定にした。ところで、『ABC殺人事件』をかつて読んだことのあるミステリ・ファンの皆さん、たぶんあなたの記憶の中のこの小説、実際はかなり違っています。私も、この機会に読み返してみて記憶の中のトリック、事件概要が全く異なっていることに驚いた。やはりクリスティは凄《すご》いのである。

「冷凍みかん」

井上雅彦氏監修の書き下ろしアンソロジー「異形コレクション」のために書いたもの。統一テーマは「GOD」。


「赤い毬《まり》」

紀伊國屋《きのくにや》書店発行の季刊誌に書いたもの。

謎《なぞ》の巨大日本建築、というのはよく子供の頃から夢に見るモチーフだったのだが、最近では更に巨大化し、巨大和風旅館、巨大ホテル、ショッピングセンターと変化している。


「深夜の食欲」

やはり井上雅彦氏監修の書き下ろしアンソロジー「異形コレクション」のために書いたもの。統一テーマは「グランドホテル」。


「いいわけ」

ショート・ショート。モデルは言わずもがな。

「一千一秒殺人事件」

「女流作家のジャパネスク・ホラー・アンソロジー」企画のために書いたもの。『花月夜綺譚《きたん》』という、ミルキィ・イソベさんの装丁が素敵なアンソロジーに収められている。タイトルからお分かりの通り、稲垣足穂《いながきたるほ》をテーマにした不条理ものを狙《ねら》ってみたが、結果はご覧のとおり。

「おはなしのつづき」

正式に児童文学としての依頼を受けて書いた、初めての短編である。

かつて愛読した本に、宇野亜喜良《あきら》さんの絵が印象的な今江祥智《よしとも》さんの『さよなら子どもの時間』という本があった。病気で寝ている子供のために、両親や祖父母が毎晩ひとつずつお話をしてくれるという設定の話で、そもそもは、この本と似たような設定で「一人の子供にいろいろな人が話をせがまれ、自分の知っている昔話や童話を語ろうとするけれど、うろおぼえなので全く違う話になってしまう」という連作の長編小説を書くつもりだった。それを短編で書いたらこんなふうになってしまったのである。

「邂逅《かいこう》について」

中井英夫へのオマージュ本の参加企画として書いたもの。エッセイという依頼だったが、半エッセイ・半小説みたいになってしまった。「誰も見たことのない季節」という絵は、実際に小学校六年の時に秋田で見た。小中学生の絵の展覧会だったが、他愛のない無邪気な絵がえんえんと並んでいる中で、この絵だけが一枚飛び抜けてレベルが高く、凄いインパクトがあったのである。空を見上げている子供のリアルな横顔が中央に描かれていて、その左右に黒煙を激しく噴き出して燃え上がる飛行機が数機落ちていくところを配したもので、ある意味、幻視者の絵だったのだと思う。残念ながら作者名は覚えていないけれど（もしかして、漫画家かイラストレーターになっておられるかも）、このタイトルは強烈に頭の中に焼きついている。


「淋《さび》しいお城」

『虚無への供物《くもつ》』の文庫版を作り、新本格ミステリの産みの親であり、素晴らしい造本の書き下ろしシリーズ「ミステリーランド」を始められた宇山日出臣《ひでおみ》氏が昨年夏、急逝《きゅうせい》された。私の「ミステリーランド」書き下ろしは間に合わなかったが、これはその予告編として書いたものである。

「楽園を追われて」

私にしては珍しい「普通の」話である。

最初は「楽園の子供たち」というタイトルだったのだが、書いているうちに「あれ、この話どこかで聞いたことあるなあ」と思い、記憶を辿《たど》ってみたら、何かの雑誌にアメリカで話題になっている小説が紹介されていて、そのタイトルが『エンペラーズ・チルドレン』で「プロ作家志望の大学仲間のその後を9・11と絡《から》めて書いたもの」という内容に魅力を感じていたことが影響していたのだと気付き、慌《あわ》ててタイトルを変えた。まだ『エンペラーズ・チルドレン』は翻訳されておらず、読んでいないのでこの短編と似ているかどうかは分かりません。

「卒業」

ネット上で読める短編小説シリーズの、「午前0時」という統一テーマで書いたもの。

二十枚以内で、という企画。二十枚というのは、エンターテインメントでは難しい枚数だったので「これまでやってみたことのないものでやろう」と考え、そういえばスプラッタ・ホラーはやったことがなかったなあと気付き、スプラッタ・ホラーをやってみた。二十枚だと、全く説明なしになるので、こうなる。

「朝日のようにさわやかに」

前回の短編集『図書室の海』でもスタンダード・ナンバーをタイトルにしたドキュメンタリータッチのホラーというのをぽつぽつ書いていたが、最近は更にホラーでもミステリでもなく、より虚実入り混じったドキュメンタリータッチの奇妙な話、というのに興味がある。辻原登《つじはらのぼる》さんの『枯葉の中の青い炎』の影響もあるかもしれない。この短編も、虚実入り混じりである。グロールシュの壜《びん》に感じていた違和感がウイントン・マルサリスのマウスピースを無意識に連想していたと気付いたという点や、彼についての記述は実話。どこからが作り話かは、ご想像にお任せする。

二〇〇七年一月

恩田　陸

文庫版あとがき

またしても、ふと気がつくと三年の月日が流れていた。私の場合、いつも同時並行で複数の仕事をしていて区切りがないので、出した本が文庫になる時にようやくあれから何年、と振り返ることになる。本当に早いものです。

『朝日のようにさわやかに』、単行本刊行の後日譚《たん》をいくつか。

「水晶の夜、翡翠の朝」のヨハン君のシリーズは、現在『薔薇《ばら》のなかの蛇』というタイトルでイギリス編を「小説現代増刊メフィスト」（講談社）にて連載中。初めての海外旅行及び海外取材の成果が、今頃ようやく形になりつつある。

「ご案内」で絵をお願いした町田久美さんの他の絵も含め、その後も面白い絵にいっぱい出逢《であ》ったので、現代美術のドローイングからインスパイアされた短編集まで作ってしまった。今の日本のドローイングには実に面白い人が沢山いる。興味のある方は『六月の夜と昼のあわいに』（朝日新聞出版）をご覧ください。

「冷凍みかん」のごとく、文庫書き下ろしアンソロジーのSF版として、満を持して大森望さん監修の「NOVA」シリーズ（河出文庫）がスタート。現代日本SFのレベルの高さが窺《うかが》える面白いアンソロジーなので、ご一読を。今後私も参加予定です。「淋しいお城」で予告した、ミステリーランド『七月に流れる花』はようやく脱稿。一年以内には本になる予定です。もちろん、みどりおとこも登場。

「邂逅について」でオマージュを捧《ささ》げた中井英夫『虚無への供物』への大長編オマージュ小説（のつもりである）『鈍色《にびいろ》幻視行』は、呪《のろ》われた映画とその原作である呪われた小説について船旅をしつつ語る人々のお話。現在集英社のウエブ雑誌「RENZABURO」で連載中ですが、当分かかりそう。作中作のほうの呪われたテキスト『夜果つるところ』は今年中に書き終わる予定なので、来年にはお目見えできそうです。

「楽園を追われて」のインスピレーションの元となった『エンペラーズ・チルドレン』はその後『ニューヨーク・チルドレン』として二〇〇八年に翻訳版が出ました（クレア・メスード著・古屋美登里訳／早川書房）。「楽園を追われて」とは似ても似つかぬ、才気煥発《かんぱつ》という言葉がぴったりの素晴らしい小説である。読み応《ごた》え十分。小説好きな方はぜひ！

二〇一〇年四月　恩田　陸

初出一覧

水晶の夜、翡翠の朝　『殺人鬼の放課後』（二〇〇二年、角川スニーカー文庫刊）
ご案内　「讀賣新聞」二〇〇六年四月八日夕刊
あなたと夜と音楽と　『「ABC」殺人事件』（二〇〇一年、講談社文庫刊）
冷凍みかん　『GOD』（一九九九年、廣済堂出版刊）
赤い毬　「i feel」No.31　二〇〇五年 Winter（紀伊國屋書店刊）
深夜の食欲　『グランドホテル』（一九九九年、廣済堂出版刊）
いいわけ　「小説現代」二〇〇四年八月号
一千一秒殺人事件　『怪談集　花月夜綺譚』（二〇〇四年、ホーム社／集英社刊）
おはなしのつづき　「飛ぶ教室」第二号（二〇〇五年、光村図書刊）
邂逅について　『凶鳥の黒影』（二〇〇四年、河出書房新社刊）
淋しいお城　「小説現代」二〇〇六年四月号
楽園を追われて　「yomyom」二〇〇六年 Vol.1
卒業　「Timebook Town」二〇〇六年七月七日配信（パブリッシンググリンク）
朝日のようにさわやかに　「サントリークォータリー」82　二〇〇六年 Winter（サントリー刊）

この作品は平成十九年三月新潮社より刊行された。

恩田陸著
球形の季節
奇妙な噂が広まり、金平糖のおまじないが流行り、女子高生が消えた。いま確かに何かが大きく変わろうとしていた。学園モダンホラー。

恩田陸著
六番目の小夜子
ツムラサヨコ。奇妙なゲームが受け継がれる高校に、謎めいた生徒が転校してきた。青春のきらめきを放つ、伝説のモダン・ホラー。

恩田陸著
不安な童話
遠い昔、海辺で起きた惨劇。私を襲う他人の記憶は、果たして殺された彼女のものなのか。知らなければよかった現実、新たな悲劇。

恩田陸著
ライオンハート
17世紀のロンドン、19世紀のシェルブール、20世紀のパナマ、フロリダ……。時空を越えて邂逅する男と女。異色のラブストーリー。

恩田陸著
図書室の海
学校に代々伝わる〈サヨコ〉伝説。女子高生は伝説に関わる秘密の使命を託された――。恩田ワールドの魅力満載。全10話の短篇玉手箱。

恩田陸著
夜のピクニック
吉川英治文学新人賞・本屋大賞受賞

小さな賭けを胸に秘め、貴子は高校生活最後のイベント歩行祭にのぞむ。誰にも言えない秘密を清算するために。永遠普遍の青春小説。

恩田陸著 **小説以外**

転校の多い学生時代、バブル期で超多忙だった会社勤めの頃、いつも傍らには本があった。本に愛され本を愛する作家のエッセイ集大成。

恩田陸著 **中庭の出来事**
山本周五郎賞受賞

瀟洒なホテルの中庭で、気鋭の脚本家が謎の死を遂げた。容疑は三人の女優に掛かるが。芝居とミステリが見事に融合した著者の新境地。

荻原浩著 **コールドゲーム**

あいつが帰ってきた。復讐のために——。4年前の中2時代、イジメの標的だったトロ吉。クラスメートが一人また一人と襲われていく。

荻原浩著 **噂**

女子高生の口コミを利用した、香水の販売戦略のはずだった。だが、流された噂が現実となり、足首のない少女の遺体が発見された——。

荻原浩著 **メリーゴーランド**

再建ですか、この俺が？ あの超赤字テーマパークを、どうやって?! 平凡な地方公務員の孤軍奮闘を描く「宮仕え小説」の傑作誕生。

荻原浩著 **押入れのちよ**

とり憑かれたいお化け、No.1。失業中サラリーマンと不憫な幽霊の同居を描いた表題作他、必死に生きる可笑しさが胸に迫る傑作短編集。

宮部みゆき著

魔術はささやく

日本推理サスペンス大賞受賞

それぞれ無関係に見えた三つの死。さらに魔の手は四人めに伸びていた。しかし知らず知らず事件の真相に迫っていく少年がいた。

宮部みゆき著

レベル7《セブン》

レベル7まで行ったら戻れない。謎の言葉を残して失踪した少女を探すカウンセラーと記憶を失った男女の追跡行は……緊迫の四日間。

宮部みゆき著

返事はいらない

失恋から犯罪の片棒を担ぐにいたる微妙な女性心理を描く表題作など6編。日々の生活と幻想が交錯する東京の街と人を描く短編集。

宮部みゆき著

龍は眠る

日本推理作家協会賞受賞

雑誌記者の高坂は嵐の晩に、超常能力者と名乗る少年、慎司と出会った。それが全ての始まりだったのだ。やがて高坂の周囲に……。

宮部みゆき著

本所深川ふしぎ草紙

吉川英治文学新人賞受賞

深川七不思議を題材に、下町の人情の機微とささやかな日々の哀歓をミステリー仕立てで描く七編。宮部みゆきワールド時代小説篇。

宮部みゆき著

かまいたち

夜な夜な出没して江戸を恐怖に陥れる辻斬り〝かまいたち〟の正体に迫る町娘。サスペンス満点の表題作はじめ四編収録の時代短編集。

小野不由美著

魔性の子

同級生に"祟る"と恐れられている少年・高里は、幼い頃神隠しにあっていたのだった……。彼の本当の居場所は何処なのだろうか？

小野不由美著

東京異聞

人魂売りに首遣い、さらには闇御前に火炎魔人、魑魅魍魎が跋扈する帝都・東京。夜闇で起こる奇怪な事件を妖しく描く伝奇ミステリ。

小野不由美著

屍鬼

（一〜五）

「村は死によって包囲されている」。一人、また一人、相次ぐ葬送。殺人か、疫病か、それとも……。超弩級の恐怖が音もなく忍び寄る。

小野不由美著

黒祠の島

私は失踪した女性作家を探すため、禁断の島を訪れた。奇怪な神をあがめる人々。凄惨な殺人事件……。絶賛を浴びた長篇ミステリ。

小川洋子著

博士の愛した数式

本屋大賞・読売文学賞受賞

80分しか記憶が続かない数学者と、家政婦とその息子——第1回本屋大賞に輝く、あまりに切なく暖かい奇跡の物語。待望の文庫化！

小川洋子著

海

「今は失われてしまった何か」への尽きない愛情を表す小川洋子の真髄。静謐で妖しく、ちょっと奇妙な七編。著者インタビュー併録。

小池真理子著　**欲　望**

愛した美しい青年は性的不能者だった。決してかなえられない肉欲、そして究極のエクスタシー。あまりにも切なく、凄絶な恋の物語。

小池真理子著　**蜜　月**

天衣無縫の天才画家・辻堂環が死んだ――。無邪気に、そして奔放に、彼に身も心も委ねた六人の女の、六つの愛と性のかたちとは？

小池真理子著　**恋**　直木賞受賞

誰もが落ちる恋には違いない。でもあれは、ほんとうの恋だった――。痛いほどの恋情を綴り小池文学の頂点を極めた直木賞受賞作。

井上荒野著　**潤　一**　島清恋愛文学賞受賞

伊月潤一、26歳。気紛れで調子のいい男。女たちを魅了してやまない不良。漂うように生きる潤一と9人の女性が織りなす連作短篇集。

井上荒野著　**しかたのない水**

不穏な恋の罠、ままならぬ人生。東京近郊のフィットネスクラブに集う一癖も二癖もある男女六人。ぞくりと胸騒ぎのする連作短編集。

井上荒野著　**誰よりも美しい妻**

高名なヴァイオリニストと美しい妻を中心に愛の輪舞がはじまる。恍惚と不安、愛と孤独のあわいをゆるやかにめぐって。恋愛長編。

志水辰夫著

行きずりの街

失踪した教え子を捜しに、苦い思い出の街・東京へ足を踏み入れた塾講師。十数年分の過去を清算すべく、孤独な闘いを挑むが……。

志水辰夫著

いまひとたびの

いまいちど、いまいちどだけあの人に逢えたなら――。愛と死を切ないほど鮮やかに描きあげて大絶賛を浴びた、珠玉の連作短編集。

志水辰夫著

情事

愛人との情事を愉しみつつ、妻の身体にも没入する男。一片の疑惑を胸に、都市と田園を行き来する、性愛の二重生活の行方は――。

井上ひさし著

ブンとフン

フン先生が書いた小説の主人公、神出鬼没の大泥棒ブンが小説から飛び出した。奔放な空想奇想が痛烈な諷刺と哄笑を生む処女長編。

井上ひさし著

吉里吉里人（上・中・下）

日本SF大賞・読売文学賞受賞

東北の一寒村が突如日本から分離独立した。大国日本の問題を鋭く撃つおかしくも感動的な新国家を言葉の魅力を満載して描く大作。

井上ひさし著

父と暮せば

愛する者を原爆で失い、一人生き残った負い目で恋に対してかたくなな娘、彼女を励ます父。絶望を乗り越えて再生に向かう魂の物語。

佐々木 譲著
ベルリン飛行指令
開戦前夜の一九四〇年、三国同盟を楯に取り、新戦闘機の機体移送を求めるドイツ。厳重な包囲網の下、飛べ、零戦。ベルリンを目指せ！

佐々木 譲著
エトロフ発緊急電
日米開戦前夜、日本海軍機動部隊が集結し、激烈な諜報戦を展開していた択捉島に潜入したスパイ、ケニー・サイトウが見たものは。

佐々木 譲著
ストックホルムの密使（上・下）
一九四五年七月、日本を救う極秘情報を携えて、二人の密使がストックホルムから放たれた……。〈第二次大戦秘話三部作〉完結編。

畠中 恵著
しゃばけ
日本ファンタジーノベル大賞優秀賞受賞
大店の若だんな一太郎は、めっぽう体が弱い。なのに猟奇事件に巻き込まれ、仲間の妖怪と解決に乗り出すことに。大江戸人情捕物帖。

畠中 恵著
ぬしさまへ
毒饅頭に泣く布団。おまけに手代の仁吉に恋人だって？ 病弱若だんな一太郎の周りは妖怪がいっぱい。ついでに難事件もめいっぱい。

畠中 恵著
ねこのばば
あの一太郎が、お代わりだって?! 福の神のお陰か、それとも…。病弱若だんなと妖怪たちの「しゃばけ」シリーズ第三弾、全五篇。

湯本香樹実著

夏の庭
—The Friends—
米ミルドレッド・バチェルダー賞受賞

死への興味から、生ける屍のような老人を「観察」し始めた少年たち。いつしか双方の間に、深く不思議な交流が生まれるのだが……。

湯本香樹実著

ポプラの秋

不気味な大家のおばあさんは、ある日私に奇妙な話を持ちかけた——。『夏の庭』で世界中の注目を浴びた著者が贈る文庫書下ろし。

湯本香樹実著

春のオルガン

いったい私はどんな大人になるんだろう？小学校卒業式後の春休み、子供から大人へとゆれ動く12歳の気持ちを描いた傑作少女小説。

吉田修一著

東京湾景

岸辺の向こうから愛おしさと淋しさが押し寄せる。品川埠頭とお台場を舞台に、恋の行方をみつめる最高にリアルでせつない恋愛小説。

吉田修一著

長崎乱楽坂

人面獣心の荒くれどもの棲む三村の家で、駿は幽霊をみつけた……。高度成長期の地方侠家を舞台に幼い心の成長を描く力作長編。

吉田修一著

7月24日通り

私が恋の主役でいいのかな。港が見えるリスボンみたいなこの町で、OL小百合が出会った奇跡。恋する勇気がわいてくる傑作長編！

重松清著　エイジ
山本周五郎賞受賞

14歳、中学生――ぼくは「少年A」とどこまで「同じ」で「違う」んだろう。揺れる思いを抱き成長する少年エイジのリアルな日常。

重松清著　きよしこ

伝わるよ、きっと――。少年はしゃべることが苦手で、悔しかった。大切なことを言えなかったすべての人に捧げる珠玉の少年小説。

重松清著　卒業

大切な人を失う悲しみ、生きることの過酷さ。それでも僕らは立ち止まらない。それぞれの「卒業」を経験する、四つの家族の物語。

三浦しをん著　私が語りはじめた彼は

大学教授・村川融をめぐる女、男、妻、娘、息子……それぞれの「私」は彼に何を求めたのか。人間関係の危うさをあぶり出す、連作長編。

三浦しをん著　風が強く吹いている

目指せ、箱根駅伝。風を感じながら、たすき繋いで、走り抜け！「速く」ではなく「強く」――純度100パーセントの疾走青春小説。

三浦しをん著　桃色トワイライト

乙女でニヒルな妄想に爆笑、脱力系ポリシーに共感。捨てきれない情けなさの中にこそ愛おしさを見出す、大人気エッセイシリーズ！

佐野洋子著
ふつうがえらい
嘘のようなホントもあれば、嘘よりすごいホントもある。ドキッとするほど辛口で、涙がでるほど面白い、元気のでてくるエッセイ集。

佐野洋子著
がんばりません
気が強くて才能があって自己主張が過ぎる人。あの世まで持ち込みたい恥しいことが二つ以上ある人。そんな人のための辛口エッセイ集。

佐野洋子著
覚えていない
男と女の不思議、父母の思い出、子育てのこと。忘れてしまったことのなかにこそ人生があった。至言名言たっぷりのエッセイ集。

酒見賢一著
後宮小説
日本ファンタジーノベル大賞受賞
後宮入りした田舎娘の銀河。奇妙な後宮教育の後、みごと正妃となったが……。中国の架空王朝を舞台に描く奇想天外な物語。

酒見賢一著
墨攻
中島敦記念賞受賞
専守防衛を説く謎の墨子教団。その俊英、革離が小国・梁に派遣された。徹底的に不利な状況で、獅子奮迅の働きを見せる革離の運命は。

佐々木 譲著
警官の血
(上・下)
初代・清二の断ち切られた志。二代・民雄を蝕み続けた任務。そして、三代・和也が拓く新たな道。ミステリ史に輝く、大河警察小説。

JASRAC　出1002049-001

朝日《あさひ》のようにさわやかに

新潮文庫　お-48-9

平成二十二年六月一日発行

著者　恩《おん》田《だ》陸《りく》
発行者　佐藤隆信
発行所　株式会社新潮社
郵便番号　一六二―八七一一
東京都新宿区矢来町七一
電話　編集部(〇三)三二六六―五四四〇
　　　読者係(〇三)三二六六―五一一一
http://www.shinchosha.co.jp
価格はカバーに表示してあります。
乱丁・落丁本は、ご面倒ですが小社読者係宛ご送付ください。送料小社負担にてお取替えいたします。

印刷・二光印刷株式会社　製本・憲専堂製本株式会社

ISBN978-4-10-123420-5 C0193